Karl Gutzkow

Wally, die Zweiflerin

Roman

Karl Gutzkow: Wally, die Zweiflerin. Roman

Erstdruck: Mannheim (C. Löwenthals Verlagshandlung) 1835.

Neuausgabe mit einer Biographie des Autors
Herausgegeben von Karl-Maria Guth
Berlin 2016

Der Text dieser Ausgabe folgt:
Karl Gutzkow: Wally, die Zweiflerin. Roman. Studienausgabe mit
Dokumenten zum zeitgenössischen Literaturstreit. Herausgegeben von
Günter Heintz, Stuttgart: Reclam, 1979 [Universal-Bibliothek, Band
9904].

Die Paginierung obiger Ausgabe wird hier als Marginalie zeilengenau
mitgeführt.

Umschlaggestaltung von Thomas Schultz-Overhage unter Verwendung
des Bildes: Ernst Ludwig Kirchner, Die Straße (Ausschnitt), 1913

Gesetzt aus der Minion Pro, 11 pt

Verlag: Henricus - Edition Deutsche Klassik GmbH
Mörchinger Str. 33, 14169 Berlin, info@henricus-verlag.de
Druck: Libri Plureos GmbH, Friedensallee 273, 22763 Hamburg

Die Ausgaben der Sammlung Hofenberg basieren auf zuverlässigen
Textgrundlagen. Die Seitenkonkordanz zu anerkannten Studienausgaben
machen Hofenbergtexte auch in wissenschaftlichem Zusammenhang
zitierfähig.

ISBN 978-3-86199-681-1

Bibliografische Information der Deutschen Nationalbibliothek

Die Deutsche Nationalbibliothek verzeichnet diese Publikation in der
Deutschen Nationalbibliografie; detaillierte bibliografische Daten sind
im Internet über www.dnb.de abrufbar.

- Des Friedens Wund' ist Sicherheit,
Sorglose Sicherheit; doch weiser Zweifel
Wird Leuchte der Vernunft, des Arztes Sonde,
Der Wunde Grund zu prüfen.

3

Shakespeare

Erstes Buch

1

Auf weißem Zelter sprengte im sonnengolddurchwirkten Walde Wally, ein Bild, das die Schönheit Aphroditens übertraf, da sich bei ihm zu jedem klassischen Reize, der nur aus dem cyprischen Meerschaume geflossen sein konnte, noch alle romantischen Zauber gesellten: ja selbst die Draperie der modernsten Zeit fehlte nicht, ein Vorzug, der sich weniger in der Schönheit selbst als in ihrer Atmosphäre kundzugeben pflegt. Welche natürliche und ihr doch so vollkommen gegenwärtige Koketterie auf einem Tiere, von dem sie wahrscheinlich selbst nicht wußte, daß es blind war! Wally gab sich das Ansehen, als wäre sie mit ihrer Situation verschwistert; aber nichts ist so reizend, als wenn durch irgendeine fast gelungene Affektation, durch die ganze Haltung eines innerlich mehr reflektierten wie angebornen Wesens einige kleine Lichtritzen schimmern und für den Mann, welcher sie sehen kann, die versteckten Erleichterungen einer sich einbohrenden Neigung werden. Aber von den zahlreichen Kavalieren, welche Wally umgaben, sahe diese kleinen Lücken der Furcht edler Weiblichkeit niemand. Jene, die Lücken der Furcht, kannte vielleicht der Jockei, der auch wußte, daß die weiße Stute blind war. Aber die übrigen hingen nur wie der Eisenfeilstaub am Magnet, wie die Nachahmung am Genie, wie das Ordinäre am Wunderbaren.

Am Wege schritt, wie es beim Temperamente sich von selbst versteht, im Zweivierteltakte Cäsar, ein Mann, der imstande war, eine solche Gruppe wie die vorbeisprengende im Nu zu übersehen und jede darin waltende Figur so zu isolieren, daß er sie alle verarbeitete und an seiner eigenen Individualität zerrieb. Kennt ihr diese genialen Charaktere, welche durch ihr Schweigen immer mehr ausdrücken, als wenn sie reden, die nur ihr rollendes, siegendes Auge in die Gesellschaft bringen dürfen und jede Persönlichkeit darin absorbieren in eine Huldigung, die ihnen wird ohne ihr Verlangen? Cäsar stand im zweiten Drittel der zwanziger Jahre. Um Nase und Mund schlängelten Furchen, in welche die frühe Saat der Erkenntnis gefallen war, jene Linien, die sich von dem lieblichsten Eindrucke bis zu dämonischer Unheimlichkeit steigern können. Cäsars Bildung war fertig. Was er noch in sich aufnahm, konnte nur dazu dienen, das schon Vorhandene zu befestigen, nicht zu verändern. Cäsar hatte die erste Stufenleiter idealischer Schwärmerei, welche unsre Zeit auf junge Gemüter eindringen läßt, erstiegen. Er hatte einen ganzen Friedhof toter Gedanken, herrlicher Ideen, an die er einst glaubte, hinter sich: er fiel nicht mehr vor sich selbst nieder und ließ seine Vergangenheit die Knie seiner Zukunft umschlingen und sie beten: Heilige Zukunft, glühender Moloch, wann hör' ich auf, mich mir selbst zu opfern? Cäsar begrub keine Toten mehr: die stillen Ideen lagen so weit von ihm, daß seine Bewegungen sie nicht mehr erdrücken konnten. Er war reif, nur noch formell, nur noch Skeptiker: er rechnete mit Begriffsschatten, mit gewesenem Enthusiasmus. Er war durch die Schule hindurch und hätte nur noch *handeln* können; denn wozu ihn seine toten Ideen machten, er war ein starker Charakter. Unglückliche Jugend! Das Feld der Tätigkeit ist dir verschlossen, im Strome der Begebenheiten kann deine wissensmatte Seele nicht wieder neu geboren werden; du kannst nur lächeln, seufzen, spotten und die Frauen, wenn du liebst, unglücklich machen!

Cäsar, wie er einsam wandelte, fühlte, daß er weinen sollte, und lachte, um die Tränen zu vertreiben.

Da flog Wally mit ihren Begleitern an ihm vorüber. Sie schlug mit ihrer Gerte in die Seiten des schönen, aber blinden Gaules (sie wußte es wahrhaftig nicht!) – ein sonderbarer Glanz klang durch die Luft, und zu Cäsars Füßen lagen fünf kostbare Ringe.

Sie mußten an der Reitgerte gesteckt haben.

Wally sah, was der Unbekannte am Wege aufnahm; sie machte Miene anzuhalten; aber als der Fremde mit der Zurückgabe zögerte, blickte sie bös und trieb ihren Schimmel weiter. Die Kavaliere hatten nichts gesehen.

Cäsar aber, da er die Reiterin sogleich aus den Augen verlor, mußte sich auf alles besinnen. Er gefiel sich darin, an eine alte Sage zu glauben, an die Prinzessin im Walde, und sich selbst mit irgendeinem Zauber in Verbindung zu bringen.

Er steckte die Ringe zu sich und hatte sie wieder vergessen, wie er innerhalb der Stadt war.

2

Ein gewisser Regierungspräsident gab einen beinahe ländlichen Ball. Wally und Cäsar sahen sich hier. Cäsar hatte in einem Anfalle guter Laune die fünf Ringe über seine Handschuhe gezogen. Wally frug ihn, wie er darauf käme?

»Weil meine rechte Hand«, antwortete er, »beim Tanzen immer ungeschickt ist. Die Ringe verhindern sie, von dem glatten Rücken der Tänzerinnen abzugleiten.«

Wally ließ ihn stehen: dieser junge Mann mißfiel ihr. Aber sie fühlte, daß sie sich zerstreuen müsse, und tanzte mit Vorliebe. Sie wurde erhitzt, verfolgte Cäsar und sahe, daß er die Ringe wieder fortgenommen hatte.

Sie wollte sie wiederhaben und rief einem ihrer Employés, einem blondhaarigen Referendär, der eine kleine Schrift über das Unzeitgemäße politischer Garantien geschrieben hatte. Sie setzte ihm die Lage der Dinge auseinander.

»Ich bin gewohnt«, sagte sie, »für jeden Monat im Jahre einen andern Anbeter zu haben, und ich nehme niemanden an, der sich nicht durch einen Ring in meine Gunst einkauft. An meinem Finger will ich die Ringe nicht: ich trage sie an meiner Reitgerte und mache mir ein Vergnügen daraus, wenn ich von Juli zu Juli ins Bad reise und armen preßhaften Leuten sie alle zwölf nacheinander in die heißen Sprudelbecher werfe.«

Darauf erklärte sie ihm, wie sie fünf davon verloren hätte, und verlangte, daß sie ihr wieder zuhanden, das heißt zur Reitgerte, kämen.

Der junge Mann, welcher über das Unzeitgemäße politischer Garantien geschrieben hatte, versprach sein möglichstes und redete Cäsar an.

Cäsar betrachtete ihn und besann sich auf den Verfasser der kleinen Broschüre. »Sie verstehen sich darauf«, sagte er dann, »als St. Georg gegen die Ungetüme der Zeit zu kämpfen. Die Ringe der Dame passen zu meinem Schuppenleibe: ich stehe als Lindwurm zu Ihren Diensten!«

»Wie versteh' ich das?« fragte der junge Mann, welcher über das Unzeitgemäße politischer Garantien geschrieben hatte.

Cäsar ließ ihn stehen. Der Bote wagte nicht, unverrichteter Sache zu Wally zurückzugehen; eben tanzte sie, sie hatte seine Abweisung glücklicherweise nicht bemerkt.

Der junge Mann half sich: er wußte, von wem die fünf Ringe kamen: vier von seinen Freunden, die mit ihm teils auf dem Stadtamte fungierten, teils auf das nächste militärische Avancement warteten; einer gehörte ihm, denn Wallys Sonne stand zufällig während dieses Monats in seinem Zeichen. Die Sache wurde unvermeidlich ein Ehrenhandel; aber er war perfid genug, dem Gegner das Spiel fünffach zu erschweren. Cäsar bekam noch an demselben Abend fünf Ausforderungen ins Ohr geflüstert.

Er nickte lächelnd zu jeder; für den folgenden Morgen war alles anberaumt, aber er entfernte sich früh.

Wally tanzte bis in die Nacht. O welch ein Glück, sich mit dem faden Mittelgut in ewig gleichen Kreisen herumzudrehen!

8

3

Es war schon um die eilfte Vormittagsstunde des folgenden Tages, als Wally unter den Händen ihres Kammermädchens saß und ihr Haar flechten ließ. Sie hatte einen kleinen Tisch vor sich gerückt, worauf die Erzeugnisse der neuesten Literatur lagen. Natürlich kamen sie frisch aus dem Buchladen; anständige Leute lesen nicht aus Leihbibliotheken.

Sie blätterte in dem jüngsten Musenalmanach von Schwab und Chamisso. »Diese guten Waldsänger«, sprach sie vor sich hin, »nehmen sich die Freiheit, sehr ennuyant zu sein. Wenn uns die Reime nicht in einer Art von melodischer Spannung hielten, die Monotonie der Gefühle und Anschauungen wäre tödlich. Ich ziehe Prosa vor. Heines Prosa ist mir lieber als Uhland und sein ganzer Bardenhain.«

Sie griff nach Heines »Salon«, zweiter Band. »Willst du Philosophie studieren, Aurora?« fragte sie ihr Kammermädchen: »Hier sind all die gelehrten, bemoosten Karpfen der deutschen Philosophie mit Frühlingspetersilie und Vanille zubereitet. Man sollte die Bonbons in Aphorismen aus Heines ›Salon‹ einschlagen. Welch gesunkenes Volk müssen die Franzosen sein, daß sie gerad auf der Stufe in den Wissenschaften stehen, wo in Deutschland die Mädchen.«

Einige Schriften vom jungen Deutschland lagen zur Hand, von Wienbarg, Laube, Mundt. »Wienbarg ist zu demokratisch: ich habe nie gewußt, daß ich vom Adel bin«, sagte sie; »aber mit Schrecken denk' ich daran, seit ich diesen Autor lese. Laube scheint den Adel nicht abschaffen, sondern überflügeln zu wollen. Doch bleibt es arg: er ist zudringlich. Er gibt sich in seinen Schriften das Ansehen, als kenne er jede seiner Leserinnen und verlange von ihr eine Hingebung, um die er nicht einmal bittet. Mundt goutier' ich nur halb: denn er wird, je mehr er sich selbst klarzuwerden scheint, für andere immer unverständlicher. Verstehst du, Aurora?«

Aurora hatte etwas in den Mund bekommen und mußte abscheulich husten. Wally lachte.

Unter den Büchern lag zuletzt die neueste Lieferung der »Carlsruher Bilderbibel«, auf welche Wally abonniert hatte.

»Wie sonderbar doch das Christentum auf Velinpapier aussieht!« sagte sie zu sich selbst. »Dienen diese Kupfer zu etwas anderem, als die Aufmerksamkeit noch mehr von dem heiligen Buche abzulenken! Siehe, da steht ein Druckfehler! Ein umgekehrter Buchstabe! Es ist hübsch, in der Bibel Irrtümer zu entdecken.«

Wally sahe nur auf das Äußre, auf den Einband, dann las sie etwas. Sie las einige Verse, ein halbes Kapitel und fragte ihr Mädchen, wann sie zuletzt in der Kirche gewesen wäre?

Aurora war nicht frivol: sie war vor vier Wochen dagewesen.

Wally las, ohne zu hören. Dann fragte sie: »Warum bist du so still?«

Aurora war nicht mehr im Zimmer: Wally blickte sich scheu um und las weiter. Ihr Auge haftete stier auf den Buchstaben: sie schlug eine Seite nach der andern um: dann lehnte sie sich zurück, eine Träne stand in ihrem Auge. Sie sah mit einem flehenden, verzweifelnden Blick auf den kleinen Tisch, der so viel Widersprechendes friedlich umschloß. Sie stützte den Kopf auf die Lehne ihres Sessels; es war Sonntag. Die Glocken läuteten, aus der nahen Kirche brausten die Töne der Orgel herüber. Wally war in Tränen aufgelöst. Kann man dem Himmel ein schöneres Opfer bringen? Diese Tränen flossen aus dem Weihebecken einer unsichtbaren Kirche. Die Gottheit ist nirgends näher, als wo ein Herz an ihr verzweifelt.

Aurora kam zurück. Es war Besuch im Gesellschaftszimmer. Wally hätte absagen müssen; aber sie war willenlos. Sie fand die Ritter von den fünf Ringen, einige von ihnen leicht verwundet.

Wally erschrak, als sie von dem Vorfalle hörte. Cäsar war am Arme blessiert. Aber schon die Nachricht, daß keine Gefahr vorhanden sei, richtete sie auf; und wie in der menschlichen Seele Schmerz und Freude sich ergänzen und das Linderungsmittel des einen Übels auch alle übrigen Sorgen heilt, die mit ihm in keiner Verbindung standen, so wandte sie sich teilnehmend dem Gespräche zu. Es war fade, wie immer; aber verzeihlich der Tageszeit wegen. Man soll vor Tische von keinem Menschen verlangen, daß er geistreich sei.

Wally konnte lachen und lachte übermäßig.

4

Beide sahen sich eine Woche später. Wally hatte nicht das Herz, von dem Vorfalle zu sprechen. Aber es währte nicht lange, so sprachen sie über den Mut.

Sie wollte wissen, ob der Mutige die Gefahr absichtlich verkleinere oder geringer achte, ob der Mut noch während der Gefahr daure oder nur das Vorspiel der Gefahr sei. Cäsar sagte, er habe nie über den Mut nachgedacht, besäße ihn auch nicht hinreichend dafür. Wally brannte der Vorfall auf den Lippen; aber sie hielt an sich und lächelte bloß.

»Ich glaube«, sagte Cäsar, »daß es Menschen gibt, deren Mut darin besteht, daß sie die Gefahr gar nicht sehen. Das sind diejenigen, welche als die vorzugsweise Mutigen überall gefürchtet werden: auf den Universitäten jene unverschämten Knaben, die gegen jedermann die Hand in die Seite stemmen und von Verachtung und Malice übersprudeln; unterm Militär diejenigen, welche ihren Säbel gern so hängen, daß sie ihn hinter sich klirren hören. Man kann aber sagen, daß wenn diese Menschen Einbildungskraft genug hätten, die Gefahr zu sehen, sie die verzagtesten sein würden. Der Besonnene ist von Natur niemals mutig. Er folgt nur den Rücksichten und ist unerschrocken, weil die Sache einmal nicht zu ändern ist.«

Wally fand diese Äußerungen durchaus nicht so liebenswürdig, wie sie gewohnt war, dergleichen von ihren männlichen Umgebungen zu hören. Es war in ihrem innerlichen Urteile etwas, was einen guten Schein hatte. Sie vermißte an Cäsar den Reiz der Natürlichkeit. Seine Reflexion zog an, befriedigte aber das Temperament nicht. Nichtsdestoweniger traf sie sehr gut die Gedankenreihe Cäsars, indem sie fortfuhr: »Ich glaube fast, Sie halten die Tugend für eine Berechnung?«

11

»Die Tugend nicht«, entgegnete Cäsar; »aber alles, was man gern für Instinkt anzusehen gewohnt ist. Unsre Handlungen sollen berechnet sein, unsre Empfindungen sind es. Ich erinnere Sie nur an das Unbequeme mancher Empfindung, mit der wir gern kokettieren, die uns aber in gewissen Zeiten recht zur Unzeit kömmt.«

»Sie sind ohne Natur«, sagte Wally.

»Ich bin ohne Verstellung«, fiel Cäsar ein.

»Ohne Verstellung? Jeder Satz in Ihren Theorien scheint von Ihren zufälligen Zwecken abhängig zu sein.«

Cäsar mußte lächeln; er hatte etwas gesagt, was er nicht meinte.

»Glauben Sie«, fragte er, »daß es in der Liebe eine Höflichkeit gibt?«

»Das versteh' ich nicht.«

Cäsar blickte finster und wollte abbrechen.

»Was ist Ihnen?« fragte Wally.

»Ich denke, Sie vermeiden, über einen Zustand zu sprechen, den Sie vielleicht nicht zu kennen vorgeben.«

»Halten Sie mich für eine Närrin?« fragte Wally, erst bös, dann aber hellte sich ihr Antlitz zu einer Liebenswürdigkeit auf, die Cäsarn fast einen Augenblick zu verwirren schien.

»Nehmen Sie nur an«, sagte er, »wie unzeitig und unbequem man werden kann, wenn man seinen Leidenschaften immer den natürlichen Raum läßt. Ich verspreche zum Beispiel einer Dame, sie einen Tag um den andern zu besuchen. Was heißt das? Sie ist einen Tag um den andern in der Spannung, wo sie glaubt, beglücken zu können. Ihre Gedankenreihen werden immer einen Tag überschlagen, einen Tag, wo sie nicht untreu, aber ohne Rapport und Illusion ist. Man kann nicht unhöflicher sein als an diesem Tage, der überschlagen werden sollte, der für die Liebe gar nicht da ist, seine Braut zu überraschen.«

Wally lachte laut auf. Jetzt hielt sie Cäsarn für einen Narren und fragte ihn, welche Frau ihm diese Geständnisse gemacht habe.

Cäsar war kein Pedant, er lachte mit, fuhr aber fort: »Ich versichre Sie, es ist nichts abscheulicher als das Ungeschickte und Unbequeme. Der Instinkt mag hier manche üble Empfindung hintertreiben; aber sicher geht allein die Combination der Psychologie. Ich möchte um alles in der Welt zu einer gewissen Zeit, unter gewissen Umständen von der Freundschaft kein Opfer, von der Liebe keine Zärtlichkeit verlangen. Mit unsrer rohen Natürlichkeit sind wir immer gewohnt zu übertreiben; in nichts sind wir aber übertriebener als in unsern Forderungen. Ist es erhört, was der Enthusiasmus nicht alles in den gefühlvollen Beziehungen der Geschlechter oder in der Freundschaft zu entdecken glaubte! Wer kann das alles leisten! Wer kann so unhöflich sein, alle diese Leistungen in Anspruch nehmen? Sagen Sie!«

»Ich habe vergessen, Rumohr zu lesen«, antwortete Wally.

»Rumohr!« sprach Cäsar; »Rumohr hatte vielleicht Anstand, aber nicht Geist und Mut genug, eine ›Schule der Höflichkeit‹ zu schreiben. Rumohr glaubt an seine Vorschriften und scheut sich doch, die meisten davon anders als in einem gewissen Helldunkel zu geben. Rumohr glaubte, er müsse sich immer noch eine Hintertür offenlassen, um nicht für einen Fant zu gelten. Auch ist dieser Mann so sehr in die Klassizität verrannt, daß er alle Tugenden und Untugenden des Altertums aufzählt, aber ein wichtiges, modernes Laster ganz mit Stillschweigen übergeht, ein Laster, wofür die Alten gar keinen Ausdruck hatten. Rumohr konnte davon nicht sprechen, weil er selbst darin ganz verstrickt ist. Dies ist die Langeweile. Aber was Rumohr? Es gibt eine weit tiefere Höflichkeitstheorie, welche auf ästhetischen und moralischen Prinzipien zu gleicher Zeit beruht. Soll ich ihren Grundsatz nennen? Lassen Sie aus einem christlichen Gebote nur einen Buchstaben weg. Raten Sie!«

Wally wurde rot: nicht des Rätsels wegen, sondern des Christentums.

Cäsar ergänzte sich selbst und sagte: »*Lebe* deinen Nächsten wie dich selbst! Sei Egoist, ohne deinen Nachbar zu verwunden! Wenn ich mich in die innersten Falten Ihrer Seele (Falten! Ihre junge Seele! Aber die Seele ist immer alt, der Teil der jahrtausendjährigen Urseele und Weltseele, der in uns wohnt), wenn ich mich in sie versetze, so bin ich gewiß, immer die Wirkungen zu veranlassen, die ich eine Minute vorher schon bestimmen kann. Sie hören mich nicht mehr. Es ist wahr, ich habe zu laut gesprochen.«

Der gute Cäsar mit seinen langweiligen Theorien! Er mochte wunder glauben, wie zart er die Fibern des menschlichen Herzens anatomiere; und hatte schon längst seine Widersacherin innerlichst verletzt. Er wußte dies nicht und schämte sich, so theoretisch debattiert zu haben. Um die Sache war es ihm gar nicht zu tun. Er hatte überhaupt nur zwei Steckenpferde, auf denen er sich heißreiten konnte, die Verachtung der Musik und die Strenge der Erziehung. Diese beiden Fragen interessierten ihn, weil sie das Nächste berührten, das Zimmer des Nachbars gleichsam, weil die Musik sich gern in der Gesellschaft breitmacht und über Erziehung so viel Empfindsames gefaselt wird. Er pointierte die

Verachtung der Musik, um die jungen Damen (welche, wenn man von ihnen Gedanken verlangt, mit Musik antworten) ihre Leere fühlen zu machen: in der Erziehung aber den Stock, um sich das Geschwätz über Kinder, das Präsentieren der lieben Kleinen, die Koketterie mit seiner Einzigen oder seinem jüngsten Balge vom Leibe zu halten. Auf alles übrige ließ es Cäsar ankommen. Für Himmel, Hölle, Erde und was drin, drauf und drunter ist, nahm er nur Interesse, um sich zu unterhalten oder eine hübsche Wendung darüber zu haben.

Warum ist Cäsar kein Schriftsteller geworden? Er würde ein vortrefflicher Dialektiker sein, immer gute Gedanken haben und jedenfalls einen glänzenden Stil schreiben.

5

Wir sind noch in derselben Gesellschaft, wo über Herrn von Rumohr so abfällig geurteilt wurde. Wally ist nur hingebender und Cäsar erschöpfter geworden. Er war im Zuge, links und rechts seine zusammenhanglosen Einfälle auszustreuen und grade im Gegensatz zu seiner Höflichkeitstheorie alle Welt zu verwunden. Die Hauptunterhaltung hatte der lange blonde Mann an sich gerissen, welcher über das Unzeitgemäße politischer Garantien geschrieben hatte. Mit ihm korrespondierte ein Justizrat, welcher anonymer Verfechter von verschiedenen Lehrbüchern zur Kenntnis des Allgemeinen Landrechts war oder doch sein sollte. Beide zitierten sich wechselseitig als Autoritäten, der Junge den Alten der Carrière wegen: der Alte den Jungen, weil er wußte, daß der Nachruhm in den Händen derer liegt, die nach uns leben. Cäsar war auf der Folter: er ahnte, daß sie ausschweifen wollten, daß sie auf dem Wege waren, zur schönen Literatur überzugehen.

»Wirklich?« zitterte er für sich hinein. »Wahrlich! Ja, sie müssen – Oh –.« Cäsar war aufgesprungen.

Er wollte fort. Wally frug ihn, was er hätte?

Der Justizrat, Mitglied einer Liedertafel, das heißt eines Vereins, wo man über Tafel die schlechten Compositionen eines Zelter und anderer zu singen pflegte, rief: »Ist es nicht auffallend, daß auch nicht ein einziger aus der neuen Schule in Deutschland sich auf Musik versteht. Wie schön hat Tieck die italienische Musik in seinen Sonetten charakterisiert! Wie treffend drückt er in seinem Vorspiel zum ›Gestiefelten Kater‹ oder zur ›Verkehrten Welt‹, ich weiß nicht, das Wesen der verschiedenen Instrumente aus! Wie hat die ganze romantische Schule in der Musik gelebt!«

»Und Hoffmann«, rief eine ältliche Dame, die ihrem Teint nach mit Napoleon verwandt sein konnte.

»Und Hoffmann!«, fielen alle ein.

»Ja«, rief der Justizrat, »Hoffmann, der mein Kollege war!«

Cäsar sagte ruhig: »Ich weiß nicht, worin der Zusammenhang der Literatur und der Instrumentation liegen sollte. Goethe scheint mir auch ohne den Kontrapunkt verständlich zu sein.«

Aber der Justizrat hatte das Wort: »Man hat noch immer gefunden, daß irgendeine Beschäftigung, welche dem Dichter sonst noch teuer und lieb war, recht hübsch das Wesen seiner eigenen Poesie ausdrückte. Ich rede von Homer und Ossian nicht, Männern, die mehr Musiker als Dichter waren; aber Goethe arbeitete in Pappe, wenn ich nicht irre. Schiller war Compagnie-Chirurgus. Nun sehen Sie, das ist prosaisch genug; sagen Sie mir von allen neuen Autoren einen, der ein gutes Urteil über Musik hätte? Es ist Mangel einer gewissen Saite in der Seele, daß es ganz unmöglich ist, die Namen Menzel, Börne, Heine usw. mit irgendeiner musikalischen Verrichtung zusammenzubringen.«

»Die Lärmtrommel!« hieß es irgendwo. Man beklatschte den Einfall und nannte ihn witzig. Aber recht hatte der Justizrat; auch Cäsar, wenn er sagte: »Was kann empfehlenswerter für die Richtung sein, welche unsre ersten Geister nehmen? Alle frühere Literatur bildete sich im Interesse irgendeiner vereinzelten Kunst oder Tendenz: die Lessing-Goethische Zeit im Interesse der Antike: die Romantik im Interesse der Malerei: die Phantastik im Interesse der Musik. Erst in unsern Tagen sammelt die Literatur ihre Vorposten, die sich in die fremden Feldlager ganz verloren hatten, und zieht sie in den Kern ihrer Kräfte zurück, um aufs neue zu bestimmen, welches ihr Zweck ist. Ich glaube, daß sich die Literatur ausdehnen wird auf andre Felder, um sie zu befruchten; aber wahrlich, mein Herr, auf die Musik nicht!«

Bis hierher sprach Cäsar so richtig, daß es unnütz gewesen wäre, Unterschriften darauf zu sammeln. Das Folgende schien zweifelhafter: »Was soll überhaupt die Musik? Diese klingende Mathematik? In der Erziehung sind die geometrischen Köpfe meist die dicksten und härtesten, und in den großen Musikern habe ich immer Leute gefunden, die, obschon sie immer mit Schlüsseln umgehen, doch über nichts Aufschluß geben können. Die Musik ist eine ganz sinnliche Kunst.

Wenn Sie dem Otaheiter einen Trauermarsch von Spontini vorspielen, mein Herr, glauben Sie, daß er weinen wird? Er wird springen und seine Kokosschale vor Lebenslust bis auf die Hefe leeren. Musik ist absolut nichts: die Bildung legt erst das hinein, was wir darin zu finden glauben. Wenn ich bei irgendeinem Musikstück ein solcher Narr bin, an die Unsterblichkeit der Seele zu glauben, so verbinden zu gleicher Zeit Sie damit einen Begriff, welcher vielleicht der entgegengesetzte ist. Wenn Sie bei einer Symphonie von Beethoven an einen gotischen Dom denken, so dachte der Komponist an das Giebeldach einer Bauerhütte. Nein, mein Herr, die Musik wird aufhören, zu den Künsten gerechnet zu werden. Nähert sich die Musik in der Oper nicht schon immer mehr der rhetorischen Deklamation? Ist die Sprache, das volle, tönende, menschliche Wort nicht unendlich höher als der unnatürliche Gebrauch einer ganz im tiefsten Schlunde versteckten zufälligen Fertigkeit? Ich bitte Sie, überlegen Sie das, mein Herr!«

Hier war keine Verständigung mehr möglich. Was sind Hunderttausende in der Welt ohne das bißchen Fortepiano, was sie spielen können! Es war, als hätte einer gesagt, die Frauen sollten keine Gigotärmel mehr tragen. Was wären diese schmalen Brüste, diese gedankenlosen Köpfe ohne Gigots, ohne Pianoforte! Und doch strafte man Cäsarn nicht durch Stillschweigen, ging nicht wie wegen eines Tollen zur Tagesordnung über, sondern schrie auf und rief das Gefühl, den Himmel, die Moralität zu Hülfe, um einen Ketzer zu bekehren. Der blonde Unzeitgemäße war so glücklich, die Frage in das Gebiet der Politik hinüberzuspielen und aus der Musik eine Sache des Staates zu machen. Hierüber schwieg Cäsar.

Ihn verdroß nichts mehr als das Warmwerden. Er wußte zu gut, daß die Adler niemals in der Fläche horsten. Warum Niagaradonner, wo Knallerbsen genügen? Er gab sich willig dem Spotte Wallys hin, die viel zu leichtsinnig war, auf dergleichen Debatten etwas zu geben, zu eitel, um eine allgemeine Unterhaltung interessant zu finden, und die überdies weder sang noch spielte. Wally hatte Ideen, aber nur momentan; sie verschmähte es, die Geistreiche zu scheinen, weil sie wußte, daß sie schön war. Flüchtig waren ihre Bewegungen, liebenswürdig, ohne Pedanterei ihre Capricen. Cäsar fühlte das und badete sich in dem oberflächlichen Schaume, den Wally von den Ideen nur gelten ließ. Cäsar hatte recht, sie für unfähig zur Spekulation zu halten. Er nahm sie wie ein humoristisches Capriccio der animalischen Natur.

Beide spotteten im Vertrauen über sich, über alle. Was sie sprachen als Sprechenswertes, waren Raketen, die sie sich einander zuwarfen.

»Warum brechen Sie über Politik ab?«

»In Athen durfte kein Volksredner auftreten, der nicht verheiratet war.«

»Was Sie gelehrt sind! Ich bin es auch: in Kreta durfte niemand Gesetze geben, der nicht einen Strick um den Hals hatte.«

»Das ist dasselbe Gesetz: Die Athener wollten eigentlich auch sagen, der keinen solchen Strick am Halse habe.«

»Wie unanständig!«

»Wally!«

Wally lachte: es war ein hübscher, vertraulicher Ton, in dem ihr Cäsar drohte. »Was machen Sie mit Leuten, die Ihnen gefallen?« fragte sie ihn, ohne zu wissen, was sie fragte.

»Alles, nur nicht ihre Bekanntschaft.«

»Das ist auffallend! Doch können Sie recht haben.«

»Wonach beurteilen Sie die Menschen, Wally?«

»Nach ihren Werken! – O Gott, nein; dies wäre ja albern geantwortet, wie im Katechismus. Sagen Sie?«

»Nach dem, was sie sind?«

»Nein, nach dem, was sie imstande wären.«

»O Wally, Sie sind liebenswürdig! Woran würden Sie denken, wenn Sie jemanden prüfen wollten, der zu lieben wäre?«

»An die außerordentlichen Fälle.«

Cäsar schwieg. Diese Antwort war zu ernst. Er betrachtete die fünf Ringe, die er über seinen Handschuhen trug, und fragte dann: »Sie reisen ins Bad?«

»In acht Tagen.«

»Sie werden den Rhein sehen?«

»Von Mainz bis Köln.«

»Von Mainz bis Düsseldorf. Sie dürfen einen Besuch bei den Malern und bei Immermann nicht unterlassen.

Läge Düsseldorf in Thüringen, es würde ein zweites Weimar werden.«

»Sind die Ufer in der Tat so reizend?«

»Gefällig sind sie und da schön, wo Sie etwas von Rührung einfließen lassen in Ihre Betrachtung.«

»Das versteh' ich nicht.«

»Das Schöne, Wally, ist immer das Überraschende. Ich bin ursprünglich kalt gegen alles, was in Deutschland für schön ausgegeben wird. Am Lurleyfelsen, wo der Rhein sich wie ein See verengt, wo Flinten abgeschossen und Waldhörner geblasen werden, um die Echos, von denen die Handbücher sprechen, zu beweisen: da werden Sie durch diese Zurüstungen zur Wehmut übermannt werden. Ihr blondes, bescheidenes Deutschland, dem Sie nichts zutrauten, nicht einmal das Echo des Lurley, wird Sie rühren, und bei einer fließenden Träne werden Sie sich gestehen müssen, daß der Rhein in der Tat ein schöner Strom ist.«

»Sie wollen sagen, die Natur spräche nur zu uns, je nachdem unser Auge und Herz sie ansieht.«

»Ich stand in dem Kölner Dome. Sie kennen das zerrissene Prinzip unserer Zeit, nichts anzunehmen, was vielleicht richtig ist, aber von Leuten proklamiert wurde, die uns widerstehen. Der Enthusiasmus der einen erkältet immer die andern. Ich wollte den Kölner Dom ironisch betrachten und mußte weinen, da ich ihn sahe, über das Unvollendete der Idee, über die dünnen Hammerschläge der Ausbauer, welche durch die mächtigen Räume picken, über mich selbst, der sein Herz künstlich verhärtet und zu einer gemachten Empfindungslosigkeit herabgestimmt hatte.«

»Die Dampfschiffe fahren zu schnell.«

»Sie fahren zu langsam und sind für das Auge ermüdend. Der Gedanke einer feurigen, über das Wasser kriechenden Schildkröte steht vor unsrer Einbildungskraft, und wir sind einmal daran gewöhnt, das Kriechen für langsam zu halten.«

»Ein sonderbares Bild! Worüber nur meine Tante so lacht?«

»Ihre Tante ist eine Spinne, die über den Ozean kriecht.«

»Wieso?«

»Sie spekuliert in Papieren.«

»Sie spricht über Politik: ich verstehe nichts davon.«

»Verstünden Sie davon, so glichen Sie einem Schmetterling, der sich in die gaserleuchtete Verwirrung eines Salons verflogen hat.«

»Schmetterlinge sind zu Gleichnissen verbraucht.«

»Wie die Unsterblichkeit selbst.«

Wally errötete. Sie blickte auf Cäsars frivoles Lächeln und nahm dies Lächeln für eine Gewißheit, die sie erschrecken machte.

»Wir sähen uns nicht wieder?« fragte sie beklommen.

»Gesetzt, nur die Guten sähen sich«, antwortete Cäsar, »so läßt die Tugend so viel Nuancen übrig, daß nichtsdestoweniger im Jenseits eine Mannigfaltigkeit entstünde, die in seiner nächsten Nähe zu haben Gott kein Vergnügen machen würde. Ja, wir selbst würden uns weigern, alle die zu lieben, welche im Leben ehrliche, aber oft die langweiligsten Menschen waren. Ich weiß aber nicht, wie aus einem langweiligen Menschen plötzlich ein interessanter Engel werden könnte.«

»Sie sind kein Christ?«

»Glauben Sie, daß Christus von den Toten auferstanden ist?«

»O Gott, lassen Sie, ich kann darüber nicht nachdenken. Ich –«

Sie stockte. In ihrem Auge sprach sich ein zerreißender Schmerz aus. So hatte sie Cäsar noch nicht gesehen. Sie erhob sich unruhig und war für diesen Abend verschwunden. Cäsar begriff hievon nichts. Er war so leichtsinnig, an alles zu denken, nur nicht an die Religion. Aber Wally hatte ihn entzückt. Soweit Menschen dieser Art noch lieben können, war Cäsar außer sich. Er folgte Wally ohne Aufenthalt.

6

Wallys Tante litt an nervösen Reizungen und Abspannungen, an Herzklopfen, Übeln, für welche die Ärzte unter den nassauischen Bädern das tristeste, Schwalbach, empfehlen. Wally konnte in Wiesbaden und Ems tanzen, aber in Schwalbach mußte sie der alten Dame die Zeitungen und Kurszettel vorlesen (die Frau spekulierte wahrhaftig in Papieren!); in Schwalbach mußte sie so manchen häuslichen Dienst übernehmen, den man bald von sich abwälzen würde, wenn man nicht das Vergnügen hätte, in einem Bade zu leben.

Sie hatte dies wunderbare Nassau erreicht, diese unterirdische Küche Hygieas, mit ihren Gebirgskesseln, in denen die heilsamen Quellen sieden und dampfen. Von üppiger Natur kann bei einem Lande nicht die Rede sein, das von Alaun und Schwefel unterminiert ist und in der Ernte immer einen Monat zu spät kömmt. Zwerghaft sind die Bäume auf den Hügeln: aber reizende Perspektiven öffnen sich zahlreich in die weiten Täler. Nichts ist hier schöner als die mannigfachen Schattierungen des grünen Kleides der Natur. Man steht an der morsch zerbröckelnden Mauer einer hohen Straße und sieht kleines Gesträuch zunächst zu seinen Füßen; dann tiefer einen Wald, der sich mit den schwärzesten Tinten in die tiefste Spalte des Tales verliert und in einem dumpfen Murmeln, in dem Rieseln eines Waldbaches zu enden scheint; dort aber erhebt sich wieder der Blick die grüne Alpenmatte entlang, welche am andern Ende des Tales aufwärtssteigt. Auf dem frischen, üppigen Teppich weidet das Auge, bis sich die Sehkraft in jenen dunkeln Kranz von Fichten verliert, welcher den äußersten Horizont umsäumt. Ist das nicht viel für ein Land, wo die Natur sich an gekochtem Wasser erfrischen muß? Das Land ähnelt der Schwäbischen Alb. Auch sprechen die Leute mit schwäbischem Accent.

22 Wally hat für solche Bemerkungen keinen Sinn: ich führe sie auch nur an, um durch Wallys Mängel ihre Besitztümer anzudeuten. Sie ist ohne Schwärmerei für die Natur, ohne Sinn für Blumen, welche sie zerkaut, wenn sie ihr in die Hand kommen. Sonne, Mond und Sterne gehen ihre Bahnen, ohne von Wally bemerkt zu werden. Jedermann wird bereit sein, sie gefühllos zu nennen, und ihr dennoch Unrecht tun. Wallys unaussprechlicher Reiz ist ihre Natürlichkeit. Sie gibt sich, wie sie ist, und hat die Tugend, alles beim rechten Namen zu nennen. Sie war sehr unglücklich, in Schwalbach leben zu müssen.

Doch traf sich alles besser, als man erwartet hatte. Das allmähliche Herunterkommen der Romantik erschlafft die bisher angespannten Nerven der Nationen. Es waren Deutsche genug da, die an Hoffmanns Tode litten, Franzosen genug, welche die üblen Folgen von Victor Hugos ruhendem Federkiel spürten. Sie alle wollten Reiz. Die spanische Krisis war vielen in den Unterleib geschlagen und hatte Hypochondrie erzeugt. Stahlbäder sind sehr anzuraten. Es war gedrängt in all den Höfen, Goldnen Ketten, Gasthöfen zu den beiden Indien. Wally wohnte im Kaisersaal.

Eines Tages stand sie an einem Orte, den sie vorzüglich liebte, am grünen Tische. Sie hazardierte im Pharo. Sie gewann; sie gewann immer; vielleicht weil Dreistigkeit auch das einzige Geheimnis im Spiele ist. Noch ist es mir unerklärlich, wie die schüchternsten Weiber sich an Dinge wagen, an welche die mutigsten Männer immer mit einer Art von Zaghaftigkeit herangehen. Sie sind die ersten, wo es gilt, einen Turm zu besteigen, auf einem schwindelnden Wege zu gehen, Pistolen abzuschießen, mit einem Eskamoteur in Korrespondenz zu treten, auf Vexierstühle und an die Elektrisiermaschine sich zu stellen. Namentlich wird sich auf diese letzten Dinge oft der mutigste Mann nicht einlassen. Warum die Frauen?

Weil sie gewohnt sind zu herrschen? Weil man ihnen genug sagt, daß ihrer Schönheit nichts widerstehen könne? Wally spielte in der Tat, weil es ihr schon zur andern Natur geworden war, in jeder Lage zu gewinnen.

Plötzlich wird sie unruhig. Sie verliert. Ihr Glück stürzt zusammen. Sie fühlt, daß ihr ein Dämon entgegentritt und ratet auf Cäsar. Sie wußte, daß ihr alles Widerwärtige nur von einem Manne kommen konnte, der sie beunruhigte und der sie vielleicht zu lieben anfing. Wally blickte um sich; Cäsar stand in einer Ecke, grüßte stumm, bot ihr den Arm und führte sie in die Zimmer ihrer Tante zurück, einer Dame, welche er einst mit einer Spinne verglichen hatte, die über das Weltmeer kreucht.

7

Ein Gewitter in Schwalbach ist immer eine Katastrophe; aber sie geht vorüber. Noch gefährlicher ist es, wenn der Himmel jene weinerliche Laune hat, daß er von der grauen Wolkendecke unaufhörlich einen nassen Staub tröpfeln läßt. Dann kann man in Schwalbach am besten alle jene Übel bekommen, für welche sein Stahlwasser so gut sein soll. Ist man nicht melancholisch, so wird man es erst. Wally weinte den ganzen Tag vor Ungeduld. Sie wollte nach Wiesbaden; aber ihre Tante bestand darauf, daß ihr die spanische Krisis im Unterleibe säße. Der Geheimerat Fenner von Fenneberg, der Arzt der Saison, warf sich gegen jede Unbesonnenheit ins Mittel. Wally wollte Sterben vor Langerweile. Ihr werdet sagen, sie muß schlecht erzogen worden sein. Gewiß, das war sie.

Cäsar bot alles auf, ihr die trübe Zeit zu verkürzen. Er erzählte ihr Beobachtungen aus Schwalbach, die gar nicht verdienen, übergangen zu werden, z.B. folgende: »Haben Sie noch nichts vom tollen Bärbel gehört? Das tolle Bärbel steht den ganzen Tag vom frühen Morgen bis in die späte Nacht an der Hinterpforte des Gasthofes zu den beiden Indien, die auf die Landstraße nach Ems hinausführt, und späht in die Extraposten, welche den Berg herunterkommen. Sie ist von einem etwas gedrückten Wuchse und hat matte Augen; aber ihre Gesichtsbildung ist im höchsten Grade einnehmend, die Haut von der ganzen Feine und Weiße, welche zu blondem Haare gehört, um blonde Mädchen erträglich zu machen. Der Reiz Bärbels würde noch weit mehr hervortreten, wenn die fixe Idee, welche sie beherrschen soll, ihr nicht den an Wahnwitzigen so unheimlichen Ausdruck und die eigentümliche Verrückung aller Bewegungen gäbe. Und woran leidet sie? An zwei verunglückten Saisons. In der ersten soll sie der Gegenstand irgendeiner eleganten Herablassung gewesen sein, die glücklicherweise ohne Folgen blieb. Sie fiel einem jungen Manne in die Augen, der sie dann drei Monate lang nicht aus seinen Händen ließ und vielleicht gar mit ihr über Vorurteile der privilegierten Stände, über die allgemeine Stimmberechtigung der Liebe und morganatische Ehen philosophiert hat. Er versprach, im nächsten Jahre wiederzukommen. Einen langen Herbst und Winter, einen ganzen Frühling hindurch war Bärbel glücklich und das frommste Mädchen in Schwalbach. Sie war die erste und letzte in der Kirche, die freundlichste zu aller Welt. Die Mäßigung in einem Glücke, das ihre Kräfte überstieg (nämlich das Wiedersehen war für sie schon ein grenzenloses Glück: wie leicht wird es Gott, seine Geschöpfe selig zu machen!). Diese Mäßigung stand ihr ungemein schön, wie die Leute sagen, die aus ihrer jetzigen Verwirrung das Vorangegangene herausgelockt haben. Da kam die zweite Saison. Bärbel stand an der Gartentür der beiden Indien. Ein großer Reisewagen, turmhoch bepackt, mit sechs Pferden bespannt, glitt am Hemmschuh bedächtig die Höhe herab. Vorn und rückwärts Bediente, Kammerzofen, Bologneser Hunde, ein Papagei, ein Geschwätz und Gekrächz, das eine ganz neue Welt in das alte Schwalbach zu bringen schien. Bärbel stand auf den Zehen, blickte in den offenen Schlag und stieß einen entsetzlichen Schrei aus. Sie hatte die untreue Herablassung gesehen, wie sie die Hand eines jungen reizenden Weibes küßte. Es war des jungen Paares erste Badereise, gleich nach der Hochzeit. Das sahe auch Bärbel sogleich ein, nachdem sie wieder zur Besinnung gekommen war, denn noch war sie nicht närrisch; aber sie wurde es; schon durch die Ungewißheit, das Herumlaufen, Fragen, Erkundigen, Abgewiesenwerden durch impertinente Bedienten, durch die Scham, den Mann am Brunnen und auf der Promenade zu sehen und ihm nicht zu Füßen fallen zu dürfen. Sie war den Winter über ganz still. Mit dem Frühjahr wurde sie unruhig, holte immer tiefere Seufzer, schüttelte viel den Kopf, und nun steht sie seit dem ersten Mai zu jeder Stunde des Tages hinter den beiden Indien und muß immer mehr erkranken, schon am Sonnenstich. Sie sieht in jede Kutsche und schämt sich, wenn man ihr Geld zuwirft. Sie ist für alle Schwalbacher Bettler der Lockvogel oder der mit Honig ausgefüllte

Stock, um die wilden Almosenbienen zu fangen. Sie ist die unschuldige Heilige, die stumm für sie alle bittet und nichts davon hat als immer tiefern Wahnsinn.«

»Oh, ich bitte Sie, erzählen Sie Geschichten, die sich runden und einen Schluß haben!« fiel Wally ein mit der ganzen Fühllosigkeit, die sie allein schon charakterisieren würde, wenn sie dieselbe nicht mit allen Frauen gemein hätte, wo es sich um die Herzensleiden irgendeiner ihrer Schwestern handelt. Sie sind dabei alle kalt, eine gegen die andere.

»Den Schluß müssen wir abwarten«, sagte Cäsar, erschrocken über Wallys Phlegma. Er hätte sie aufgegeben, wenn sie als Phänomen nicht seine Neugier reizte. Auch würde er sich Vorwürfe gemacht haben, Wally nachgereist zu sein, wäre diese Mühe vergebens gewesen. Er dachte in der Tat daran, bei ihr zu irgendeinem Ziele zu gelangen.   26

8

Nach einiger Zeit teilten sich die Wolken über dem Tale. Es war möglich, ins Freie zu treten. Cäsar und Wally stiegen die Straße nach Ems hinauf. An der Türe der beiden Indien stand das stille Bärbel und betrachtete sie beide mit einem wehmütig-rührenden Blicke. Wally blieb kalt dabei; er konnte das nicht begreifen.

»Ich will Ihnen, Wally«, sagte er, »eine andre Geschichte erzählen, die sich in unsrer Nähe begibt und in der Tat schon eine Art Schluß hat. Glauben Sie nicht, daß ich die Demokratie so weit treibe und auf Entdeckungen in den Hütten ausgehe. Die Schwalbacher bilden sich ein, ihre Gäste unterhalten zu müssen, und so erfuhr ich etwas, was würdig gewesen wäre, von Hoffmann bearbeitet zu werden. Sie kennen die nassauischen Soldaten, Wally! Sie haben über Brust und Schulter gelbe Bandeliere, was für ein preußisches Auge kurios läßt. Die Artillerie ist schöner, aber hören Sie von einem Tambour bei jener Infanterie. Der junge Mensch stand in Wiesbaden und soll ein Meister auf seinem Instrumente gewesen sein. Niemand in der nassauischen Armee schlug wie er die Reveille mit solcher Fertigkeit. Seine Wirbel sollen den Turbillons geglichen haben, welche bei Feuerwerken aufsteigen, nur daß er imstande war, eine Viertelstunde lang die Schlägel in dieser tremulanten Bewegung zu erhalten. Namentlich aber gelang ihm jenes hübsche Stakkato auf der Trommel, das mit Wirbeln untermischt die Erschütterung des Kalbfells plötzlich hemmt und einen ganz abbrechenden Ton, einen Ton ohne alles Echo hervorbringen muß. Sie sehen, welch einen Schatz das Haus Nassau an diesem Tambour hatte. Unglücklicherweise verliebte sich aber der militärische Künstler, und in ein Mädchen, das zwar den Wert der Armee zu schätzen wußte, auch den der Musik, aber einem Trompeter von der Artillerie schon den Vorzug gegeben hatte. Hier mußte eine Rivalität eintreten, welche der Liebe ebensosehr galt wie der Kunst.

Der Tambour verzweifelte nicht; indessen war er zu bescheiden. Er fühlte, wie sein Instrument, diese monotone Rhythmik, hinter der Trompete zurückstand. Sein Gegenstand war die Tochter eines Wiesbader Bürgers, eines Mannes, den man durch Auszeichnungen ehren konnte. Und wie zeichnete ihn der Trompeter aus! Wenn er des Abends in des gehofften Schwiegervaters Gärtchen saß, siehe, dann setzte er das silberne Mundstück an die glänzende Trompete und blies den Parademarsch ›Frisch auf, Kameraden!‹, alle Walzer, von denen des Kursaals an bis zu dem Zweitritt der Kirchweih. Das erfreute die Herzen dieser Menschen. Die Nachbarn sammelten sich: sie lauschten, sie klopften an die Gartentür, sie kamen herein und tanzten auf dem grünen Rasen. Der Schwiegervater hatte den ganzen Abend die Nachtkappe zu lüften und war unbeschreiblich geehrt. Und wenn der Trompeter mit seinen lustigen Stücken Feierabend machte und sie alle aus dem Gärtchen mußten, um in der Finsternis die Beete nicht zu verderben, dann blieb er mit der Tochter noch allein und blies ihr Arien der Schwärmerei vor, ›Schöne Minka‹, ›Mich fliehen alle Freuden‹, mit sterbenden, gedämpften und wie durch Zugwind gehauchten Tönen, bis alles still wurde. Der Tambour hörte diese Szenen täglich und verging vor Wehmut. Er war eine sanfte, echt deutsche Heimwehnatur, voller Empfindung und Ehrgefühl. Jede Nacht badete er sich in Tränen und schlug die Morgenreveille mit matten Händen. Das Feuer seiner Augen erlosch. Er fluchte seinem Instrumente, fluchte der Artillerie und ihren Trompeten. Was hatte er an seiner Trommel! diesem dummen Lärmkasten, bei dessen Tönen sich die Gebildeten der Nation das Ohr zuhalten, dieser Klangmaschine, die, wie man mich in meiner Kindheit überredete, nur dazu da ist, auf dem Schlachtfelde das Geschrei der Verwundeten zu übertäuben! Zum Unglück gab es Augenblicke, wo der Tambour nichtsdestoweniger auf sein Instrument eifersüchtig wurde. Ist es nicht das wohltätigste Instrument, schlußfolgerte er, wenn es den Menschen anzeigt, wo Feuer ausgebrochen ist, um welche Zeit das Tor geschlossen wird; kann es rührendere Töne geben als die dumpfen Wirbel beim Begräbnisse eines meiner Kameraden! Bei der Erinnerung an den Tod stürzten ihm die Tränen aus den Augen, von jenseits drang die Trompete seines glücklichen Nebenbuhlers herüber, ach! diese freudigen Töne durchschnitten grausam seine zitternde Seele. So schwand er hin und wurde immer mehr das blasse Bild der Resignation. Er dachte nur an den Tod und sagte oft, wenn er nicht käme, so müsse er selbst sich ihn geben. Damit ging er lange um und weinte viel, sooft er beim Abendmahl und in der Kirche war. Aber es half nichts: die Liebe zermalmte sein Herz, die Eifersucht vernichtete seinen Stolz, statt ihn zu erheben. Noch einmal richtete er sich eines Abends auf, wo alles still war, am Tage vor der Hochzeit der Trompeterbraut, und setzte sich dicht unter ihr Fenster auf einen Stein. Zwischen den Füßen hielt er die Trommel eingespannt und begann sie in der Stille der Nacht, wo alles schlief, so schwermutsvoll und sanft zu rühren, daß es lange währte, bis mehr darauf achteten, wie das Mädchen oben in der Kammer. Sie hörte diese Serenade, sie wußte alles, denn sie hatte den Tambour gekannt, ihn bevorzugt, ehe die Trompete kam. Sie zitterte unter der Bettdecke, denn es klang wie zum Grab so hohl unterm Fenster. Aber die Töne hoben sich, die Schlägel wurden dringender, die abgestoßenen Punkte folgten Schlag auf Schlag: sie mußte aufspringen vor Entsetzen; die ganze Straße schien zu grollen und die Steine dumpf aneinanderzuschlagen. Man rief: »Feuer!« Sie riß das Fenster auf. Draußen war alles still; der Tambour war nirgends zu sehen; auch beim Appell nicht. Man schiffte seine Trommel bei Mainz an der Rheinbrücke auf: ihn selber einen Tag später auf der nämlichen Stelle.«

Wally hatte von dieser Erzählung erwartet, daß sie in einer Beziehung mit Schwalbach stünde, und allem, was auf diese Erwartung keine Rücksicht nahm, nur eine oberflächliche Aufmerksamkeit geschenkt. Sie blickte Cäsar mit ruhigem Auge an und fragte kalt, was in dieser Geschichte mit Schwalbach zusammenhinge? Cäsar fand diese Frage natürlich und legte sie sich nicht so empörend aus, als sie ursprünglich war.

»Diese Historie«, fuhr er fort, »ist mehre Jahre alt. Der Trompeter heiratete die Tochter des Wiesbader Bürgers, nahm seinen Abschied und zog nach Schwalbach, wo er die Direktion der Musiken für die Saison zu übernehmen pflegt. Aber seine Frau leidet seit jener traurigen Katastrophe ihres verschmähten Liebhabers an einem unheilbaren Übel.

Hätten die Ärzte nicht schon zuweilen ähnliche Beobachtungen gemacht, so würde man versucht sein, hier an einen Spuk, an eine Rache des gespenstischen Tambours zu glauben. Die Frau des Trompeters hört Tag und Nacht ein dumpfes Murmeln an ihrem Ohr, das sich zu verschiedenen Zeiten steigert und ihr wie der Ton einer Trommel vorkommen muß. Nachts schreckt sie aus dem Schlaf auf, zeigt mit stierem Blick auf die Tür, wo sie den blassen, kleinen Mann mit seinem Instrumente zu erblicken glaubt; sie hat nicht Ruhe, wie tief sie sich auch in die Kissen des Bettes hineinwühlt. Die Ärzte nennen dies eine unnatürlich präponderierende Kraft des Gehörsinnes und können sich auf die gleichzeitige Tatsache berufen, daß alle übrigen Sinne der Frau allmählich schwinden und der übermäßig hervorbrechenden Gehörskraft zu weichen scheinen. Dabei ist sie abgefallen und bleich, ihr äußerer Körper verringert sich immer mehr: ich sahe sie, es ist eine ganz absorbierte Erscheinung, die Grausen erregt. Sie selbst hat den festen Glauben an die Rache des Tambours, oder wie es diese Leute nennen, daß er im Grabe keine Ruhe habe. Sie versicherte mich, daß das Gespenst ihr überallhin folge, in Küche, Boden und Keller; ja auf dem Wege, selbst im Walde sahe sie ihn oft, den Toten, wie er leibhaftig vor ihr stehe, die kleine, bleiche Figur, mit der Trommel auf dem weißen Schurzfell und dieselben gelbledernen Bandeliere um die Schultern gehängt, welche uns Preußen so fatal sind. Die Ärzte wissen, daß die Frau bald sterben muß an totaler Nervenentkräftung. Ich glaub' es. Gott, da steht sie!«

»Wo?« schrie Wally auf.

Cäsar lachte. Es war ein Scherz; aber sie hatte ihn übel aufgenommen und ließ sich mit der bittersten Laune über seine Späße und abenteuerlichen Erzählungen aus.

»Gehen Sie mit Ihren Trommeln und Trompeten! Womit Sie sich doch alles abgeben!« sagte sie mürrisch, empfahl sich und wandte sich allein dem Kaisersaal zu, wo sie wohnte.

9

Diese Szene war bald vergessen. Auf die regnerischen Tage folgten mit dem Sonnenscheine tausend Aufforderungen der Natur, ihre Reize zu genießen. Bis in die entfernteste Umgegend trugen Esel und kleine Gefährte den weiblichen Teil der Gesellschaft, welche als die Crème der Saison sich zusammengefunden hatten. Wally war eine sprühende

Girandole von Freude und Ausgelassenheit. Sie bildete den wahren Mittelpunkt der Gesellschaft, so aber, wie es Wasserkünste gibt, wo man nur hier zu drücken braucht, um auf der entgegengesetzten Seite überall lustige Fontänen springen zu lassen. Cäsar war verschlossen und reflektierte viel. Dem Beobachter konnte es nicht entgehen, wie tief sich Wally in seine Neigungen eindrückte. Wenn es nicht Liebe war, die ihn trieb, so war es die Aufgabe, die sich seine Eitelkeit gestellt hatte, Wally, diese Ungezähmte und Unbändige, überwunden zu haben. Hütet euch, ihr Frauen! Die Liebe der meisten Männer ist nichts als eine Huldigung, welche sie sich selbst bringen.

Der Rhein sollte das Ziel einer Spazierfahrt sein, der sich eine große Anzahl von Badgästen angeschlossen hatte. Wally war noch vor diesem Ziele zu sehr ermüdet, als daß sie weiterkonnte. Sie blieb bei einem der Bedienten zurück, um die nachkommenden Wagen abzuwarten. So trennte sie sich unbemerkt von der Gesellschaft, so daß Cäsar, der auf Abwegen dem Zuge nachgeritten war, erstaunte, sie allein zu finden. Er sprang vom Pferde und gab es dem Bedienten. Wally und Cäsar gingen voran.

Der Verführung eines grünen Rasenplatzes mitten im Walde widerstanden sie nicht. Während der Wagen und Cäsars Pferd auf der Straße hielten, gingen sie dem einladenden Ruheorte entgegen und setzten sich auf abgesägte Baumrümpfe nieder. Es lag etwas Mechanisches in diesen Bewegungen, als wenn eine Verabredung stattgefunden hätte, und doch schwiegen beide. Sie sprachen noch immer nichts, auch als sie beide mit gestütztem Haupte sich gegenübersaßen.

»Seit einiger Zeit sind Sie auf mich erzürnt, Cäsar!« sagte dann Wally.

Ein Lächeln, das man kennen muß, um zu wissen, daß es nur die Maske eines tieferen Schmerzes ist, flog über ihre Mienen. Das Lächeln Cäsars konnte Beistimmung oder Verwunderung sein. Er war klug genug, sie darüber im unklaren zu lassen.

»Ihre Geschichten haben mich kaltgelassen«, fuhr sie fort.

Daran dachte Cäsar nicht mehr; aber er sagte: »Hab' ich sie denn verfaßt?«

Nach einer Pause seufzte Wally tief auf, schlug ihren Blick zu Boden und begann eine Perspektive in ihr Inneres zu geben, die Cäsar neu war, an ihr zumal, und die ihn entzückte. »Ich muß mich, ich muß die Frauen hassen«, sagte sie still; »von Natur sind wir grausam, und zu den Gefühlen, welche wir zu äußern wohl unter Umständen fähig wären, haben wir ursprünglich nur die bloßen Anlagen. Glauben Sie es, Cäsar, die Frauen gedeihen nur durch die Männer. Sie selber wären imstande, sich untereinander zu zerfleischen. Niemand kann bei dem Elende der Menschen, bei Krieg, Erdbeben, öffentlichem und Privatunglück empfindungsloser sein als die Frauen. Verstehen Sie mich recht, solange wir alleinstehen. Was wir von Gefühl ursprünglich haben, das ist mehr Schauer als Bewußtsein, mehr tierische Furcht als Reflexion einer edlen Seele. Ach, ich zittre oft vor einer Empfindungslosigkeit, die ich nicht zu heilen weiß!«

»Aber woher die spätere Metamorphose der Frauen?« fragte Cäsar, erstaunt über die Wahrheit, welche sich in Wallys Antlitze ausdrückte.

Sie stockte: sie blickte ihn an. Er erriet und sank zu ihren Füßen.

Solange diese Situation stumm war, konnte sie zwischen beiden wohl empfunden sein; als aber Wally nach einem Worte suchte, wies sie ihn zurück.

Ihm war es recht; denn die Reflexion schlug ihn in den Nacken und hatte ihn unwillkürlich aufgerissen, da er auf nichts in seinem Herzen Vorbereitetes stieß und ihm jede Situation fatal war, in der er sich selbst nicht hätte beobachten können.

Sie saßen beide wieder auf ihren Baumstämmen. Doch war es eine warme Stimmung, die sich ihrer bemächtigt hatte, in der sie wenn auch über nichts entscheiden, dennoch über alles unterhandeln konnten.

Wally verhehlte nicht, daß die Zauberrute, welche die im Herzen des Weibes schlummernden Gefühle erst wecke, die Liebe sei. Cäsar ergriff ihre Hand und sagte: »Wir sind für die Illusion beide nicht gemacht. Eine Mücke würde uns stören, wollten wir zu den Sternen beten. Jede Aufwallung, bei der wir nur einen Augenblick unsre Manieren nicht in der Hand hätten, würde uns lächerlich scheinen. Helfen wir uns beide! Eine kurze Übereinkunft kann uns auf die Stufe versetzen, welche uns alle jene Glückseligkeit gewährt, die wir durch Zurückhaltung, Scham, natürliches oder kokettes Wesen niemals erreichen. Wally! Wally!«

Jetzt lag Cäsar zu Wallys Füßen, wahrhaftig, ohne Bewußtsein, von einem ungeheuchelten Gefühle übermannt. Aber was warf ihn nieder? Nicht die Liebe, sondern der Gedanke an eine Humanitätsfrage, die niemanden von euch fremd ist: der Gedanke an jene Augenblicke, wo wir, überdrüssig der konventionellen Formen des Lebens, zu aller Welt herantreten möchten und ihr zurufen: »O warum dies Gehäuse von Manieren, in welches du Spröde dich zurückziehst? Warum diese Verhüllung des Menschen in und an dir? Warum Zurückhaltung, du, mein Bruder, du, meine Schwester, da du doch gleichen Wesens mit mir bist, eine Hand wie ich zum Drucke, einen Mund wie ich zum Kusse hast? Ach, wie seh' ich rings um mich her eine so reife Ernte von Liebe und Schönheit! Warum zögern bis auf Jahre, daß ich sie breche? Warum nicht das Entzücken, daß wir alle Menschen sind, schwach und stark, sterblich und unsterblich! Diese unsichtbaren Barrieren, welche die Menschen trennen, welche auch den Jüngling vom Mädchen trennen, müssen fallen; denn ich kenne dich, dein alles, dein Gehen und Stehen, deine Schwächen und Tugenden: siehe! hier ist meine offne Brust, hier schlägt mein Herz, ich bin nichts, was noch etwas anderes wäre, als es ist, nichts, was du für etwas anderes halten dürftest. Weib, in deinen Augen, in den Formen deines Körpers bist du überreif zur Liebe; und wenn ich dich heut zum ersten Male sahe, so pflück' ich dich, denn wir sind die Kinder eines und desselben Planeten, ich Mensch wie du, beide alternd, beide den Tod fürchtend, beide elend. Was weichst du mir aus?«

Wally zerfloß in Tränen. So fast hatte Cäsar zu ihr gesprochen, und sie fühlte das Entzücken, statt eines Weibes Mensch zu sein. Sie zitterte bei dieser echt philanthropischen Vorstellung, welche, wenn sie allgemein würde, die Welt durchaus umgestalten und ihre schwierigen Fragen im Nu lösen müßte. Sie ließ die Umarmung Cäsars zu: nicht, weil sie ihn liebte, oder aus Egoismus, aus Stolz, einen Mann überwunden zu haben, sondern weil sie sich als das schwache Glied der großen Wesenkette fühlte, die Gott erschaffen hat, weil sie wußte, daß sie ja vor der Wahrheit und Natur ganz nackt und bloß und mitleidswürdig war, weil sie zuletzt glaubte, daß diese heißen Küsse, welche Cäsar auf ihre Lippen drückte, allen Millionen gälten unterm Sternenzelt.

Sehet da eine Szene, wie sie in alten Zeiten nicht vorkam! Hier ist Raffiniertes, Gemachtes, aus der Zerrissenheit unsrer Zeit Geborenes: und was ist die Wahrheit Romeos und Juliettens gegen diese Lüge! Was ist die egoistische Geschlechtsliebe gegen diesen Enthusiasmus der Ideen, der zwei Seelen in die unglücklichsten Verwechselungen werfen kann! Ich zittere vor einem Jahrhundert, das in seinen Irrtümern so tragisch, in seinem Fluche so anbetungswürdig ist.

10

Die Übereinkunft der Liebe zwischen Wally und Cäsar mußte ihren Verhältnissen ein neues Kolorit geben. Wir fürchten, daß die Farben allmählich erbleichen werden. Aber noch sind sie hell und frisch; noch liegt auf Wallys Antlitz der melancholische Schatten jener entzückenden Verirrung, in Cäsars Mienen die Resignation und Selbstzufriedenheit, welche selbst blasierte Charaktere und verwitternde Natürlichkeiten ergreifen kann, wenn der immer durstige Becher ihrer Wünsche einmal voll ist bis an den Rand der Erfüllung. Das Wiederfinden eines Jugendfreundes unterstützte Cäsars reflektierende Persönlichkeit, sich in einer Welt zu halten, in welcher er sich seit einiger Zeit gefiel.

Waldemar hieß der neue Ankömmling, ein Mann, der einst blühend und schön war, in der Residenz zu Wallys Anbetern gehörte, dann heiratete und trotz der glänzendsten Verhältnisse zu keiner Freude kam, da seine Gattin an unheilbaren Übeln siechte. Die Stimmung dieses Mannes teilte sich seinen Umgebungen mit, erst auch Cäsar, verlor sich aber an diesem in dem Augenblick, als sie für ihn durch folgende gemischte Anekdote einen Grund bekam.

Seit Waldemars Ankunft im Bade hatte sich nämlich das stille Bärbel von den beiden Indien zurückgezogen. Ihr Betragen gegen ihn ließ keinen Zweifel, daß dieser Mann die Ursache ihrer Geistesverwirrung gewesen war. Sie verfolgte Waldemar, wo er sich nur blicken ließ, und weinte oft auf dem Wege, wenn er in zahlreicher Gesellschaft vorüberging. Jedermann kannte den Zusammenhang dieser tragischen Komödie, doch wollten nicht alle glauben, was Waldemar versicherte, daß er sich dieses Mädchens durchaus nicht entsinne, nie mit ihr ein Wort gewechselt und auch im vorigen Jahre zum ersten Male Schwalbach besucht habe. Cäsar aber glaubte diesen Versicherungen; denn Waldemar war eine treue Seele, die niemanden betrüben konnte, noch weniger aber wäre eine Unwahrheit über seine Zunge gekommen. Er nahm den Wahnsinn Bärbels von der lächerlichen Seite und suchte Waldemar zu trösten. Ja, diesem melancholischen Manne fehlte nur noch eine neue Ursache seiner Schwermut!

Wally befand sich in einer Stimmung, die ihr den Verkehr mit beiden Männern, der immer gewisse Grenzen und Nuancen hatte, recht zum Genuß machte. Einst wollte sie in einem Garten zu ihnen unbemerkt herantreten, während beide Freunde unter einem Boskett von verwelkenden Rosen sich unterhielten; da sie aber hörte, daß ihr Gespräch religiöse Saiten aufgezogen hatte, so fürchtete sie, etwas zu verstimmen, und blieb unwillkürlich in einer Weite stehen, daß ihr von dem Gesprochenen nichts entging und sie dabei doch ungesehen blieb. Sie fühlte das Mißliche dieser Situation in einem Augenblicke nicht, wo alle ihre Seelenfäden Gespinste zu schießen begannen, in die sie sich immer tiefer verstrickte, wo es einer Untersuchung über die Religion galt. 36

»Hätt' ich einen größeren Wirkungskreis«, sagte Waldemar, »vielleicht gelänge es mir dann, den Unmut meiner Seele zu zerstreuen, wie auf jenen Bergen, auf welchen viel Waldleben herrscht, Tannen rauschen und die Natur in einer steten Bewegung ist, die Nebel sich leichter zerstreuen. Ich bin ein kahler Hügel, jedem Windzuge offen und von jeder Wolke gleich bis tief unter die Augen bedeckt. Nach ideellen Schutzwehren such' ich ebenso vergebens. Die Politik ist nur imstande, meine Schwermut zu vermehren, und die Religion hat man mir durch meine Erziehung verleidet.«

»Wer wird auch«, entgegnete Cäsar, »bei üblen Stimmungen Hülfe von der Religion erwarten! Religion ist das Produkt der Verzweiflung: wie kann sie die Verzweiflung heilen?«

»Sie sollte es wohl; jede Religion soll es, welche die Miene der Offenbarung annimmt«, sagte Waldemar. »Echte Religion ist positive Heilkraft; aber gleicht das Christentum nicht einer Latwerge, die aus hundert Ingredienzien zusammengekocht ist? Meine Vernunft sagt mir, auch ohne Hahnemanns ›Organon‹, daß die Krankheiten immer einfache und nur die Symptome zusammengesetzt sind, daß die Natur für jede ihrer Abnormitäten eine medizinische Rektifikation im simpeln Zustande hat und daß in einer Mixtur von Heilkräften eine Kraft die andere aufhebt. Die unerhörte Überladenheit des Christentums aus traditionellen, historischen und biblischen Ursachen macht aber, daß es für den Schmerz der Seele ganz ohne Wirkung ist. Eines seiner Dogmen stört das andre.«

Ein Krampf schnürte Wallys Brust zusammen. Sie wankte ohnmächtig fort, bis jener Referendar, der über das Unzeitgemäße der politischen Garantien geschrieben hatte, ihren Arm ergriff und sie zu Waldemar und Cäsar führte, von denen er den ersten gesucht hatte. 37

»Waldemar!« rief er: »was Sie glücklich sind! Ein Ehegatte, und noch bringen sich Ihretwegen die Frauen um.«

»Was wollen Sie damit?« fragte Waldemar.

»Sie müssen nicht erschrecken«, sagte jener; »aber Ihr verlassenes Bärbel ist tot. Sie ging gestern den ganzen Tag um Schwalbach herum, sich ein Grab zu suchen, blieb dann noch lange bei den beiden Indien, wankte darauf mechanisch fort bis an das Schloß Nassau, wo sie sich von der eisernen Hängebrücke hinabgestürzt hat. An der linken Seite von hier, da, wo der Brunnen auf der Brücke steht, soll sie noch mehre Stunden gesessen haben, wie die Leute versichern, die sie dort sahen. Die Gerichte von dort schicken diesen Ring mit, der an dem Finger des Mädchens sich befand. Ich hab' ihn hier.«

Waldemar erblaßte. »Mein Gott!« schrie er. »Dieser Ring –«

Cäsar sprühte auf: »Wie?« rief er; »Waldemar, du hättest dennoch –«

»Ja«, bemerkte der dritte: »ich kenn' ihn. Sie trugen diesen Ring vor mehren Jahren, Waldemar.«

Wally trat hinzu und nahm den Ring. Sie betrachtete ihn und gab mit unpassender Heiterkeit die Erklärung:

»Waldemar, Sie gaben mir vor drei Sommern diesen Ring. Ist eine Verheiratung dem Gedächtnisse so schädlich?«

»Aber wie kam die Unglückliche zu dem Ringe, den alle Welt als ein Pfand meiner treulosen Versicherungen auslegen wird?« fragte Waldemar mit bleichen Lippen, die doch wieder sprechen konnten, nachdem er sich auf die Huldigungen besann, die er einst Wally gebracht hatte.

»Ich hatte die Gewohnheit«, sagte Wally, »die Ringe meiner Verehrer jährlich im Bade zurückzulassen, indem ich sie in die Becher, die am Sprudel stehen, warf und diese dann armen Leuten oder Kindern zu trinken gab. So ist die Närrin wohl zu dem Geschenke gekommen.«

»Gut erfunden!« flüsterte der Referendär, dem im Augenblick auch sein Ehrenhandel mit Cäsar einfiel. Wally blickte etwas stolz: man kann durchaus nicht sagen, warum, und reichte dem Menschen ihren Arm.

Waldemar saß in tiefes Nachsinnen versunken. Wie wunderbar war der Zusammenhang dieses unglücklichen Ereignisses! Man konnte versucht werden, an eine magnetische Einwirkung zu glauben. Wer erklärte ihm, wie ein Ring eine Neigung veranlassen konnte zu einem Manne, den man nie gesehen! Wie kam es, daß die Arme, gleich als sie ihn zum ersten Male sahe, ihn als den Eigentümer des Ringes erkannte, den sie liebte und mit einer wirklichen Person verwechselte! Er ging tief bekümmert in seine Wohnung und überredete seine kranke

Gattin, mit ihm sogleich den Schauplatz so unheimlicher Begebenheiten zu verlassen.

Was aber empfand Cäsar bei dem Ereignisse? Nicht das Ereignis selbst, nicht den Schmerz seines Freundes, sondern nur eines, was ihn schon oft bei Vergleichung des Todes mit dem Leben interessiert hatte. Das arme Bärbel war vor ihrem Ende unruhig in dem Flecken herumgewankt und hatte den Tod gesucht, der ihr notwendig schien. Sie war bis nach der eisernen Brücke gelaufen, um den Tröster ihrer Leiden zu finden. Ist es beim Selbstmorde eine unsichtbare Hand, die die Kehle zuschnürt? Geht man wahnsinnig, ohne Bewußtsein in den Tod, wie die Mücke in das brennende Licht stürzt? Oder ist man bei etwa vorhandener Kraft, sich noch als nachdenkend zu fühlen, schon so mit dem Tode verschwistert, daß jener weitere Akt des Selbstmordes nur die Publikation eines Befehles wird, der schon abgemacht und im stillen ausgeführt ist? Darüber sann Cäsar nach und konnte sich vor Schmerz nicht fassen, als er bei dem Verfolgen von Bärbels Benehmen nur darauf zurückkam, daß die Furcht vor dem Tode doch immer das Ursprüngliche und bis zum schwindenden Bewußtsein das

Letzte sei. Die Unzulänglichkeiten der Erhabenheit, sagte er, die Furcht vor dem Tode, der Schmerz, nicht wie Brutus, der alte und der junge, töten, nicht wie Cato sterben zu können, die Bitte des Prinzen von Homburg, ihn leben zu lassen: das ist das Tragische unsrer Zeit und ein Gefühl, welches die Anschauungen unsrer Welt von dem Zeitalter der Schicksalsidee so schmerzlich verschieden macht. Sie wollte sterben und lief einen ganzen Tag, einen Weg von sechs Stunden, um den Tod zu finden, den sie herzlich suchte und den sie fürchtete!

So war Cäsar.

39

11

Jenes feste und präzise Benehmen, das Wally bei der Aufklärung über den Ring gezeigt hatte, war nur durch die Situation hervorgerufen worden. Auch wird sich niemals ein Weib bei der Leidenschaftlichkeit einer andern enthalten können, sich aufzuschnellen und mißachtend auf die fremde Verirrung herabzusehen. Diese Stimmung war aber nur eine vorübergehende.

Die Erklärung, welche Waldemar über das Christentum abgab, hatte auf ihre Seele wie die Berührung eines kranken Zahnes gewirkt. Glaubt ihr, Wally habe nach einem Mittelpunkte ihres Lebens gesucht? Wahrlich nicht. Nirgends lagen etwa zerstreute Bruchstücke von Gedanken, die sie gern verbunden hätte. Unmittelbar und zufällig war ihr ganzes Leben: nur im Religiösen stand sie oft wie ein Wanderer auf der Landstraße, der den Weg verfehlt zu haben glaubt, sich in der Gegend umblickt und mit seinem Ortssinne sich zu orientieren sucht. Es war ein ganz bewußtloses Sinnen, ein träumerisches Fühlen, dem sie sich tastend und anpochend hingab. Von einer Reflexion, einer zusammenhängenden Untersuchung konnte bei Wally nicht die Rede sein. Sie litt an einem religiösen Tick, an einer Krankheit, die sich mehr in hastiger Neugier als in langem Schmerze äußerte. Sie war wie in einem Zimmer, das sich plötzlich mit Rauch füllt und wo man sich nicht anders helfen kann, als an das Fenster zu springen, es aufzureißen und mit einem unmäßigen Gestus nach frischer Luft zu haschen.

Wally wußte selbst nicht, was alles zusammentraf, sie nachdenklicher als je zu machen. Sie hatte zum ersten Male einige Beobachtungen über ihren Zustand in eine zusammenhängende Kette aufgereiht. Sie war vor ihren Gedanken nicht scheu zurückgeschreckt, sondern hatte sie diesmal scharf ins Auge gefaßt. In einem Brief an eine Freundin suchte sie ihrer Angst Luft zu machen.

Der Brief war vielleicht vollendet. Sie wagte nicht, was sie hatte, wieder durchzulesen. Auch verzweifelte sie während des Schreibens, ihn abzusenden. Sie zerriß ihn.

Einige Minuten blickte sie die Reste an; dann ordnete sie mechanisch, was davon noch vor ihr lag. Die Linien und Buchstaben paßten zusammen. Jetzt erst las sie ihn, wo sie gleichsam wußte, daß er ihr nichts mehr schaden könne.

»Meine teure Antonie«, hatte sie geschrieben, »Deine geschmackvollen Muster, das sehr hübsche Diadem, was aber wohl zu meinem Haare nicht stehen wird, auch die englischen Nadeln und die neuen Touren zum Cotillon hab' ich bekommen. Ich danke Dir, Antonie! Verzeih mir nur, daß ich nicht jetzt auch mit all dem Entzücken davon spreche, das ich wirklich über Deine Gefälligkeit und die Gegenstände derselben empfunden habe. Du glaubst nicht, in welcher wunderlichen Stimmung ich heute bin. Und heute mußte ich doch schreiben – morgen würd' es schon besser sein. Nur eins sage mir, Antonie, hast Du wohl in Deinem Leben einen frohen, recht frohen Augenblick gehabt? Ich besinne mich vergebens auf einen; denn es ist doch immer eine peinliche

Unruhe und Hast, von der wir getrieben werden, eine Ängstlichkeit, von welcher die Männer keine Vorstellung haben. Zuweilen erschreck' ich vor dieser pflanzenartigen Bewußtlosigkeit, in welcher die Frauen vegetieren, vor dieser Zufälligkeit in allen ihren Begriffen, in ihrem Meinen und Fürwahrhalten. Der Augenblick ist der Urheber unsrer 41 Handlungen und die Vergeßlichkeit die Richterin derselben. Ach, Antonie, ich beschwöre Dich! Nimm diese Klagen nicht als die Frucht eines regnerischen Tages; oh – ich leide an einem Schmerze, der unheilbar ist, da ich ihn gar nicht zu nennen weiß. Das rennt, läuft, springt, lacht, singt, weint, zankt – nun sage mir um des Himmels willen, was steckt dahinter? Was ist der Kern dieser spiralförmig fortkreiselnden Unruhe? Die Männer sind glücklich, weil man an sie Anforderungen macht. Das Maß ihrer Handlungen ist der Beifall oder der Nutzen, den sie damit gewinnen. Auch dies sage, warum wir den ›Faust‹ nicht lesen sollen? Die Schilderung jener Zweifel, die eines Menschen Brust durchwühlen können, macht uns vertraut mit ihnen und die Wirkung derselben für uns weniger gefährlich. Aber ich fühl' es, daß sich in jedes Menschen Herzen innere Gedichte entwickeln, eine ganze Historie von Wundern, die wir zu erklären verzweifeln, Gedichte, in denen wir selbst der von den Göttern verfolgte, geneckte, scheiternde, irrende Ulysses sind. Das ist alles halb, siehst Du. Es ist noch immer nicht das, was ich sagen möchte und nicht sagen kann. Liebe Antonie, das ist der Fluch: man verlangt nichts von uns, man will gar nichts, es kömmt gar nichts drauf an. Auch dies noch: wir haben einen Ideenkreis, in welchen uns die Erziehung hineinschleuderte. Daraus dürfen wir nun nicht heraus und sollen uns nur mit Grazie wie ein gefangenes Tier an dem Eisengitter dieses Rondells herumwinden. Diese Gefangenschaft unserer Meinungen – ach, war Spreu für den Wind! Rechte will ich in Anspruch nehmen, für wen? für was? O Antonie, ich habe nichts, was wert wäre, gedacht: ich will gar nicht sagen, gemeint oder gesprochen zu werden. Ich drücke an den Begriffen, die mir zu Gebote stehen; aber sie sind elastisch und geben immer nach und gehen immer wieder zurück. So glaub' ich, kommen auch die Revolutionen, wenn die Menschen so viel Mühe haben, an ihrer Stirn hin- und herfahren und ihre welke Begriffstyrannei gern stürzen möchten mit etwas, was sie suchen, aber nicht finden 42 können. Dann schaffen sie sogar Gott ab, nämlich, weil sie ihn wahrhaftig nicht verstehen. Es ist auch schwer, Antonie! Die Schöpfung – schon gut; aber woher? womit? warum? Der Mensch, der Affe, der

Polyp, die Sinnpflanze, das Moos, der Stein, der Kristall, das Wasser, die Luft, der Wind, nichts: wo ist Gott? Oder wollt ihr nicht den Weg des Wassers gehen: so geht den des Feuers! Der Vulkan, das Licht, die Wärme, die Elektrizität, der Magnetismus: wie kann Gott in der Volta-schen Säule stecken?«

Hier mußte Wally laut auflachen bei all ihrem Schmerz und Unglück. Der komische Konflikt der Schulweisheit mit ihrer Melancholie, die Vergleichung Gottes und jenes kleinen Professors der Physik, der sie mit Papinianischen Töpfen, Herobrunnen und Luftpumpen so tief in die Natur hatte sehen lassen wollen, ob er gleich selbst nur *ein* Auge hatte, das waren zu drollige Erinnerungen. Sie zuckte mitleidig mit sich selbst über sich selbst die Achsel und ging Cäsar entgegen, der viel ungereimtes Zeug mit ihr zu sprechen hatte.

12

Ein Begegnis, das Wally kurze Zeit darauf erlebte, machte den ersten Abschnitt in ihrem Leben. Es schien, als könnte sie in ihrem jetzigen Aufenthalte die Heiterkeit nicht wiedergewinnen, welche ihrem Charakter entsprach. Ein Umstand aber veranlaßte bald die Abreise von Schwalbach.

Wally war eines Abends spät und unmutig zu Bett gegangen. Die Lampe brannte noch auf ihrem Tische; aber sie konnte nicht schlafen. Ihr Blut war in fieberhafter Aufregung. Sie warf sich unruhig hin und her, aber ihre Sinne wollten sich nicht lösen.

Da sprang sie auf, setzte sich an den Tisch und fing all die Mittel zu prüfen an, welche die Leute anraten, um in gleichmäßige Bewegung des Bluts zu kommen. Sie zählte die zwölf Glockenschläge an der Kirchturmuhr, sie zählte das Einmaleins her, von vorn und hinten, deklamierte das einzige Gedicht, welches sie bei ihrem schlechten Gedächtnis auswendig wußte: »Eine kleine Biene flog emsig hin und her und sog.« Nichts half. Da erblickte sie auf dem Tisch die Anordnungen, welche sie neulich gemacht hatte, um an ihre Freundin zu schreiben. Sie ergriff die Feder und schrieb:

»Meine teure Antonie, Deine geschmackvollen Muster, das sehr hübsche Diadem, was aber wohl zu meinem Haare nicht stehen wird, auch die englischen Nadeln und die neuen Touren zum Cotillon hab' ich erhalten. Ich danke Dir, liebe Antonie! Verzeih mir nur –«

»Abscheulich!« rief sie aus und trat an das Fenster. Der Mond beleuchtete hier und dort einen Teil des engen Tales und seiner Umgebungen. Er war mit Wolken bedeckt, die aber nicht eilten, sondern schwer auf ihm hafteten. Es wehte kein Wind. In sanfter, nächtlicher Stille ruhte die malerische Natur. Ein tannenschwarzer Bergrücken begrenzte auf der einen Seite die ovale Rundung des schlummernden Tales. Nirgends die Ahnung eines menschlichen Wesens.

Wally hüllte sich in einen leichten Nachtüberwurf. Ihr Zimmer lag zur ebnen Erde. Mit einem Tritte war sie draußen im Freien. Ohne mehr zu wollen, als die Hitze ihres Blutes abkühlen, stieg sie zur linken Hand die Straße hinauf, dann wieder hinunter zum Alleesaal hin. Sie wird nur einige Schritte unter den Bäumen auf und ab gehen.

Als sie ein weniges weitergekommen war, vernahm sie ein sonderbares Geräusch, welches man für das Seufzen einer schwankenden Pappel hätte halten können, wäre ein starker Wind gegangen. Sie erschrak, wie diese Laute sich immer deutlicher als Gestöhn und schmerzliche Klage zu erkennen gaben. Es war wie das Jammern eines Verwundeten, der sich fürchtet, durch übergroßen Schmerzausdruck des Mundes vielleicht die brennenden Leiden seines Schadens desto stärker zu machen.

Wally blieb betroffen stehen. Ihr siedendes Blut gerann, und die Fieberhitze wich einer kalten Erstarrung, in die der Schreck ihre Glieder versetzte.

Sie sahe, daß sich im Hintergrunde der Allee etwas bewegte, das auf sie heranzukommen schien. Die Angst hatte sich ihrer Seele so sehr bemächtigt, daß sie nicht einmal wagte zu entfliehen. Wie angewurzelt blieb sie stehen und wankte nur, als eine menschliche Figur immer näher trat, mechanisch hinter einen Baum, von dem sie glaubte, daß er ihr Schutz gewähren könne.

Ein Weib kam mit händeringenden Gebärden. Sie wandte sich oft gespenstisch um und suchte etwas, was man nicht sehen konnte, von sich abzuwehren. Dann fuhr sie mit einer grauenerregenden Vehemenz und sie begleitendem Geheul in die Gegend ihres Kopfes, als wolle sie etwas bedecken oder irgendeinen übergroßen Schmerz stillen. Wally zitterte.

Jetzt stand die Unglückliche, welche nicht im Fieber zu sein, sondern das volle Bewußtsein zu haben schien, dicht vor ihr. Wally sahe, wie sie schwankte und zu Boden stürzte. Mit einem fürchterlichen Geschrei wühlte das entsetzliche Weib ihren Kopf in den losen Sand und rang, ihre Hände gleichsam zu vervielfältigen, um den Kopf von allen Seiten bedecken zu können. Dabei stöhnte sie wieder und sahe sich, wie tief sie auch den Kopf in den Sand hineingewühlt hatte, um und fuhr mit einem gräßlichen Schrei auf, als hätte sie einen Geist erblickt, bis sie ohnmächtig und besinnungslos in dieser gräßlichen Lage verstummte.

Wally wagte nicht, einen Laut von sich zu geben. Als das Wesen sich beruhigte, versuchte sie aufzutreten, ob man sie auch nicht hören könne, wagte dreiste Schritte und floh, als sie eine Strecke weit von der Szene entfernt war, der sie hatte beiwohnen müssen. Sie fror an allen Gliedern, als sie auf ihrem Lager sich gebettet hatte, und schlief ein aus Furcht.

Am folgenden Morgen betrieb sie die Abreise. Die Tante zögerte. »Unter keiner Bedingung!« rief Wally; »ich bin eines Ortes müde, der mich umbringen muß.« Das war ein fürchterlicher Ausdruck; die Tante war diese Wendungen nicht gewohnt. Sie entsetzte sich und reiste ab.

Als Cäsar sie beide an den Wagen begleitete, erzählte er ihnen noch, daß die Frau des Trompeters an der gespenstischen Trommelmusik ihres Ohres diese Nacht gestorben sei. Sie sei vor Unruhe aus dem Hause gerannt, habe nachts die ganze Stadt durchirrt, um den grauenhaften Tönen zu entfliehen, und sei in der Allee gefunden worden, wie sie mit dem Kopf in den Sand gewühlt dagelegen.

Wally winkte mit der Hand, daß er schweigen solle.

Cäsar aber glaubte, daß sie ihn zum Abschied grüße; die Pferde zogen an, und, den Spruch des großen Römers parodierend, sagte er zu dem Fahrzeuge: »Du trägst Cäsar und sein Glück!«

Zweites Buch

1

Der Sommer reifte zur Ernte. Aus seinen letzten Fäden spann sich ein Herbst voll Kelterlust. Die Astern sammelten noch einmal alle Farben der schönen Vergangenheit, dann starb die Natur, und was zurückblieb, legte den Frostreif und Nebelflor der Trauer an. Die Ströme gerannen, die Wolken zerrieben sich zu Schneeflocken. Der Winter kam in seinen Pelzschuhen angeschlichen und klopfte mit Weihnachtsfreuden an die Reifblumen der Fenster an.

Wally wirbelte sich in einer Lust, die sie so zauberhaft zu regeln verstand. Was Religion! Was Weltschöpfung! Was Unsterblichkeit! Rot oder blau zum Kleide, das ist die Frage. Ob's besser ist, die Haare zu tragen à la Madeleine oder sie zusammenzukämmen zu chinesischem Schopfe? Tanzen – vielleicht auch Sprüchwörter aufführen – oh, nur gering ist die Zahl der Vergnügungen, welche im Verhältnis zur zunehmenden Civilisation nicht mehr lächerlich sind: so sehr gering! falls man sich selbst so viel liebt, nicht Karten zu spielen, jene melancholischen Spiele Albions und der nordamerikanischen Yankees, wenn man noch wie Mendelssohn philosophisch und kantisch genug ist, für den Scherz keinen Ernst und für den Ernst keinen Scherz aufzuwenden!

Aber eine Unterhaltung ist unerschöpflich; ein Spiel unermüdlich. Das ist die Koketterie. Wally hatte damit alle Hände und alle Mienen voll zu tun. Künstliche und natürliche Launen waren die Zahlen, mit welchen sie ihre Umgangsexempel zusammensetzte. Wally ließ die ganze Welt wie elastische Figuren auf dem Resonanzboden ihrer Einfälle springen. Sie spielte die kapriziösen Melodien zu allen diesen Bewegungen, welche sie lachen machten. Was wollte sie auch mehr? Sie wollte nicht einmal den Ruf davon, die Neigungen ihrer Umgebungen so unübertrefflich eskamotieren zu können. Sie tat alles ohne Stolz, ohne Absicht, ohne Bewußtsein. Sie war bezaubernd!

Cäsar war die Balancierstange dieser Equilibres. Er rektifizierte wie irgendein chemisches Natron alle die barocken Konfusionen, welche Wally anrichtete. Cäsar fiel dabei bald hier-, bald dorthin, in jenem ersten Bilde. In diesem letzten nahm Wally bald größere, bald kleinere Portionen von ihm. Er fehlte aber nie, und diese perspektivische Verschiebung bald zu einer Gunst von einer Linie, bald zu einer von zwei Zollen oder drei, hielt ihn in der Spannung, welche Männer allein zu fesseln imstande ist. Es ist möglich, daß Cäsar Wally liebte, wenigstens war sie ihm eine Vertraute geworden. Er hätte sie vielleicht einem andern abtreten können; aber von ihr sich trennen, das konnte er nicht. Und doch! Vielleicht! Wir sind Scharlatane, wir können alles!

Es war auf einem glänzenden Balle, der am Hofe gegeben wurde. Cäsar, der nicht tanzte, weil die Prinzessinnen zugegen waren und es ihn beleidigt haben würde, wenn sie ihm durch ihre Kammerherrn die herkömmlichen Aufforderungen geschickt hätten, zog sich zurück. Wally beachtete ihn nicht. Er nahm das leicht. Er wußte, daß Wally weit entfernt war von der gewöhnlichen Ansicht deutscher Mädchen, dem Tanze eine sinnliche Bedeutung oder die Bedeutung irgendeiner Gunst unterzulegen; er wußte, daß sie diejenigen liebte, mit denen sie *nicht* tanzte. Und doch war sie heute aufgeregter als jemals. Das nahm ihn wunder und verstimmte ihn. Als Wally zu ihm trat, sprach sie: »Ich habe Sie suchen müssen. Wo stecken Sie? Ich muß Ihnen etwas sagen.«

Sie standen in einem der entlegeneren Zimmer. »Und was?«

»Ich werde den sardinischen Gesandten heiraten; aber wir sprechen uns noch!«

Damit war sie verschwunden.

Cäsar eilte nach Hause. Er hatte durchaus nichts, was ihn drückte, und doch entschloß er sich, eine kleine Reise zu machen. Er war sehr unruhig den ganzen Tag, mehre Tage. Er machte die Reise. Er notierte, zeichnete, schrieb viel Briefe. Er würde sich vortrefflich zerstreut haben, wenn ihm nicht aus jedem Baum, aus jedem Echo zugeklungen wäre: Aber wir sprechen uns noch! Dies Aber! machte ihn verwirrt; denn es klang wie eine so schwärmerische, träumende Liebe, daß er geglaubt hatte, den letzten lechzenden Seufzer, das kaum gelispelte felicissima notte einer Italienerin zu hören. »Sind das schon die Wirkungen der sardinischen Gesandtschaft?« sagte er lächelnd und kehrte hübsch beruhigt in die Residenz zurück.

Er hatte bald darauf von Wally die Einladung zu einem vertrauten Gespräch.

2

Am Tage, wo die Unterredung mit Wally stattfand, hätte man bei Cäsar nicht ahnen können, mit welcher Katastrophe er schließen würde. Cäsar schien die ganze Beruhigung zu besitzen, welche man von seinem Charakter erwarten durfte. Höchstens ließen sich jene forcierten Scherze, mit welchen er um sich warf, vermuten, daß irgendein Gefühl wie ein Ereignis bei ihm im Anzuge war, dem er zu entgehen wünschte. Diese Scherze sind immer die überm Meere kreisenden Möwen, welche den Sturm ankündigen.

Wenn er einem Freunde begegnete, der auf dem Stadtgericht arbeitete, so frug ihn Cäsar: »Was hast du jetzt unter Händen?«

»Ehescheidungen« – hieß es.

»Also noch immer schlechte Ehen?«

»Schlechte Wahlen vor der Hochzeit, Leichtsinn –«

»Ganz richtig«; erklärte dann Cäsar. »Es ist ein Unglück, wenn man sieht, mit welchem Leichtsinn die Ehen geschlossen werden. Der Besitz einer kleinen Aussteuer lockt den Handwerker, ein Frauenzimmer zu heiraten, welches er gar nicht liebt. Der Staat sollte niemals die Ehe bürgerlich vollziehen lassen, bis nicht ein Kind vorhanden ist, welches das Dasein der Liebe vorher ausweisen muß.«

Der junge Mann vom Stadtgerichte lächelte zu diesem Vorschlage. Cäsar ging und begegnete einem andern Freunde.

»Du bist verliebt«, sagte er ihm; »aber Antonie ist arm.«

Es war dieselbe Antonie, an welche Wally einst schreiben wollte.

»Antonie ist arm!« hieß die weinerliche Bestätigung. »Siehe, was zu tun wäre!« schlug Cäsar vor. »Das Heiraten durch die Zeitungen greift um sich. Aber man ist erst einen Schritt weit gekommen, wenn die Frauen durch Zeitungen nur Männer bekommen. Der zweite Schritt wäre, daß sie durch die Zeitungen auch zu Vermögen kämen. Die Mädchen sollten sich durch ein Lotto ausspielen. Sie sollten die Männer auffordern, Aktien auf ihren Besitz zu nehmen, Aktien, meinetwegen eine jede zu fünfhundert Talern. Hundert Lose dieser Art geben eine Summe von 50000 Talern. Die Wahrscheinlichkeit, daß unter hundert ich – du – er gewinnen, ist sehr groß: man gewinnt ein Weib, ein reiches Weib, ein schönes Weib. Denn um eine Schöne muß es sich handeln, der Nebengewinne wegen, welche in Zugeständnissen mancher Art an diejenigen bestehen müssen, welche sich mit Aufopferung von fünfhundert Talern der seligen Chance aussetzten, Mann einer schönen Frau und Besitzer zufälliger 50000 Taler zu werden. Mein Lieber, das heißt die Gesellschaft revolutionieren.«

Jener hatte nur an Antonie gedacht; Cäsar an nichts, als sie scheiden.

Der Abend kam heran. Die Tür zu Wallys Gemächern öffnete sich. Beide saßen sich stumm gegenüber. Cäsar, der von Wally nicht erwartet hatte, daß sie sich in ein schwärmerisches schwarzes Kleid werfen würde: Wally, welche nach einem Blicke in Cäsars Mienen geizte, der verzeihend, warm und siegend auf sie wirkte.

Liebenswürdig war es von diesem grenzenlosen Leichtsinn, daß er Tränen am Auge hängen hatte. Cäsar schwamm in Entzücken. Er war auf eine Komödie gefaßt und fand eine tragische Szene, die ihn erschütterte. Alles, was sie sprachen, war nur, um den Erklärungen, die sie sich machen wollten, zu entgehen. Cäsar mochte in seiner Eitelkeit übertreiben; Wallys Bescheidenheit lag wohl nur darin, daß sie glaubte, Cäsar um Verzeihung bitten zu müssen. Alles übrige aber dichtete seine Phantasie hinzu.

Sie hielten ihre Hände ineinander und sprachen recht eifrig über Dinge, auf welche gar nichts ankam in ihrer Lage. Sie sprachen von der Erfindung des Schießpulvers, vom Gesetz der Schwere, vom Kompaß und der Magnetnadel, worüber sie schnell abbrachen, um nur immer wieder auf Neues zu kommen. So verrann die Zeit, aber das Entzücken Cäsars stieg. Wallys Hand nahm er und legte sie sanft auf die Lehne des Sofas, um sie als Kopfkissen zu brauchen. Sie lächelte dazu und warf ihm das ganze Polster ihres elastischen Körpers, sich selbst in aller ihrer Anmut nach. Sie hielt ihn umschlungen, während sie unwillig glaubte, daß er es täte. Ihre nur leis' aufgesteckten Locken nestelten sich los und küßten Cäsars brennende Wangen. Die langen Augenwimpern senkten sich majestätisch sanft auf die bläulichen Ultramarinringel, welche unter dem Auge so viel Leidenschaft verraten. Dieses Herablassen des Vorhangs, dieser Fensterladenschluß der Weiblichkeit, diese Verhüllung ist das reizende Gegenteil dessen, was sie scheint, weil sie nur allmähliche Entwaffnung ist. Es ist das Sinken des Tages, der aufsteigende Stern, dessen feuchte Strahlen die Kronen der Blumen auflockern und die Kelche erschließen, während die Kelche zu schlafen scheinen. Cäsar umarmte Wally mit glühendem Entzücken und rief aus: »O Wally, ich will nicht grausam sein! Ich eile allem zuvorzukommen, was sich auf deiner Lippe zu Tode ängstigt und gern sprechen möchte. Ich dringe nicht auf den Besitz dieses göttlichen Leibes, dessen Seele mich stets umhauchen wird. Aber – o Gott!« –

»Was ist? Cäsar! Sprich! Fordre! Alles, alles!«

Cäsar sann und war wie von einem unbekannten Gefühle ergriffen. Er strich mit der Hand über seine Stirne und sagte dann leise mit sanften und zärtlichen Worten zu Wally: »Sie werden reisen: ich auch. Wir werden uns in vielen Jahren nicht wiedersehen. Da gibt es ein reizendes Gedicht des deutschen Mittelalters, der ›Titurel‹, in welchem eine bezaubernde Sage erzählt wird. Tschionatulander und Sigune beten sich an. Sie sind fast noch Kinder: ihre Liebe besitzt die ganze Naivetät ihrer jugendlichen Torheit. Ich spreche nicht von Tschionatulanders Tod, weder vom treuen Hunde, der aus der Schlacht die tragische Botschaft bringt, nicht von Sigunens Klage, wie sie den Leichnam des Geliebten im Arme haltend unterm Baume sitzt, wo Parzifal an ihr vorüberkömmt im Walde, nicht von dem Edelstein unserer deutschen mittelalterlichen Dichtkunst. Nur jener Zug ist so meisterhaft schön, wo Tschionatulander, als er in die Welt hinausmuß und sein treues Windspiel klug zu den beiden Liebenden hinaufsieht, Sigunen anfleht um eine Gunst –«

Cäsar stockte und sprach dann leise, mit fast verhaltenem Atem: »daß Sigune, um durch ihre Schönheit ihn gleichsam fest zu machen, wie der magische Ausdruck der alten Zeit ist, um ihm einen Anblick zu hinterlassen, der Wunder wirkte in seiner Tapferkeit und Ausdauer – daß Sigune – in vollkommener Nacktheit zum vielleicht – ewigen Abschiede sich ihm zeigen möge.«

Wally betrachtete Cäsar einen Augenblick. Dann erhob sie sich stolz und verließ, ohne ein Wort zu sprechen, das Zimmer. An ihre Rückkehr war nicht zu denken.

Cäsars Antlitz zeigte einen schmerzhaften Ausdruck. Er hatte das Höchste bewiesen, dessen seine Seele fähig war, die kindlichste Naivetät, eine rührende Unschuld in einer Forderung, die empörend war; aber die Scham, die erst in ihm aufglühte, verschwand vor seinem Stolze, so edel und rein erschien er sich.

»Sie ist ohne Poesie, sie ist albern, ich hasse sie!« stieß er heftig heraus, trat zornig mit dem Fuße auf, lauschte und verließ, da er nichts als den Schlag der Pendeluhr im Nebensaale vernahm, mit unwillkürlichem Geräusch das Zimmer und das Hotel. Er schwur, es niemals wieder zu betreten.

»Sie hat nicht mich, sie hat die Poesie beleidigt. Sie ekelt mich an!«
rief er und malte sich Wally mit den gräßlichsten Farben, daß es ihm
keine Freude machen mußte, noch an sie zu denken. Wenn sie ihm
noch einfiel, so geschah es nicht, ohne daß er mit dem Fuße etwas von
sich stieß.

3

Inzwischen rückte Wallys Vermählung heran. Sie gestand sich oft und
selbst ihren Umgebungen, daß es ihr wäre, als würde ein unsichtbares
Netz, das sie aber fühle, immer enger angezogen, und daß es ihr bald
zum Ersticken sein müßte. Alles, was man nur brachte, um die Atmosphäre recht duftend und verführerisch zu machen, drückte ihren Atem
noch mehr zusammen; sie ging wie Gretchen im »Faust« und lüftete
Fenster und Türen, da Mephistopheles im Zimmer es so schwül gemacht
hatte.

Noch größer war aber die Unruhe in ihrem Innern. Sie brauchte
gern physikalische Gleichnisse und verglich sich mit dem Gefühl eines
lebenden Wesens, das man in die Glocke einer Luftpumpe setzt; mit
dem Vogel, dem es von innen und außen bei entzogener Luft weh wird.
Ach, sie konnte Cäsar nicht vergessen: sie konnte jene begeisterte
Miene des Freundes nicht vergessen, jene unschuldige Seligkeit, die sie
an ihm noch nie gekannt hatte und die er damals zeigte, als sie einige
aus seinen zuckenden Lippen schleichende Worte mit so pedantischer,
altkluger Entrüstung aufnahm. Schon im nächsten Augenblicke, als sie
gegangen war, war sie sich mit ihrer Tugend recht abgeschmackt vor-
gekommen.

Wally fühlte bald, daß Cäsar an das Unsittliche seines Antrags im
Momente nicht gedacht hatte. Sie machte sich den Vorwurf, diese
Überlegung an dem Manne nicht abgewartet zu haben. Auch mußte
sie sich gestehen, daß Cäsar ihr vielleicht nie das Prekäre der Situation
eingeräumt haben würde. Jetzt wußte sie, worin der ganze Zauber liegt.
Sie fühlte, daß das wahrhaft Poetische unwiderstehlich ist, daß das
Poetische höher steht als alle Gesetze der Moral und des Herkommens.
Sie fühlte auch, wie klein man ist, wenn man der Poesie sich widersetzt.
Ach, das quälte sie, untergeordnet zu sein und weniger unschuldig im
Grunde als die Poesie, die Menschen braucht und schildert!

Wally schlug die rührende Geschichte nach, die ihr Cäsar erzählt hatte. Sie weinte mit Sigunen, sie kostete die Unschuld, die in dem Verlöbnis der beiden Liebenden des Gedichtes lag, allmählich immer tiefer. Es liegt in der Schönheit der Natur eine göttliche Gewalt, die bezaubert. Wally beugte und wand sich mit all ihren schönen Grundsätzen und den Lehren, die sie ihrer Erziehung, ja selbst ihrer vernünftigen Überlegung verdankte, vor dem Ideale des Naturschönen. Sie ging noch weiter. Sie gab die Natur auf, sie hielt sich an die Kunst, an das Gebilde der Phantasie, das in sich abgerundet und hier so richtig gezeichnet war wie jeder logische Zirkel ihrer tugendhaften Entschlüsse. Sie kam sich verächtlich vor, seitdem sie fühlte, daß sie für die höhere Poesie kein Gegenstand war. So konnte es nicht mehr fehlen, daß sie sich bald selbst dazu machte.

Wie oft war sie Cäsarn begegnet! Er blickte stolz! Er hatte eine Moral, 54 die über der ihren war! Er konnte das Auge erheben, das Ideale hub es in ihm! Wally konnte nicht stolz sein, an ihr schien die Reihe der Scham zu sein. Sie fürchtete sich vor Cäsar. Ihre ganze Tugend war armselig, seitdem sie ihm gleichsam gesagt hatte, die Tugend könne nur in Verhüllungen bestehen, die Tugend könne nicht nackt sein. Cäsar hatte an ihr den poetischen Reiz verloren. Er übersah sie.

Ob es wohl Menschen gibt, dachte Cäsar eines Tages bei sich selbst, welche die Literatur und das, was dem Leben durch sie an schönen Elementen und Staffagen gegeben wird, für eine Tyrannei und eine despotische Willkür der Dichter und Künstler halten? Wär' ich selbst Autor, so würde mich dieser Gedanke erschrecken. Ich würde die Gleichgültigkeit, die Dummheit der Masse immer mit einer Strafe verwechseln, welche ich als Autor für die Zudringlichkeit meiner Schöpfungen mit Recht einernte. Ich würde zittern, wenn von Büchern die Rede kömmt, und würde immer gewärtig sein, daß jemand aufträte und die Literatur in die Kategorie von Warenartikeln stellte, von Ellen- oder Kolonialwaren, die man nimmt oder stehenläßt, je nach Bedürfnis. Ich brauche die Schönheit nicht! Fürchterlich, wenn von Homer und Ossian die Rede wäre! Ich brauche nicht einmal die Bestrebungen um das Schöne, wenn von einem Erstlingsversuche die Rede wäre! Ja, es gibt Menschen dieser Art, welche die Poesie für eine Zumutung halten, Geldmenschen, Aristokraten, manche Könige, auch Frauen, besonders wenn sie schön sind und sie deshalb glauben, der Bildung überhoben zu sein!

Cäsar dachte dabei gewiß nicht an Wally; denn welch' ein Unterschied ist es, für das Außerordentliche sich interessieren und dem Außerordentlichen sich als Staffage unterlegen! Er hatte aber in dem Augenblick einen Brief von Wally in der Hand.

»Ich habe Sie beleidigt«, schrieb sie ihm; »Sie wissen es ja, Cäsar, daß der Mutlose immer der Ausfallendste ist.

Wissen Sie noch, wie wir über Mut stritten? Welch' eine Zeit, wo Sie sich um fünf Ringe, die Sie mir noch immer nicht wiedergegeben haben, mit fünf Menschen schießen konnten! Morgen um zehn Uhr abends besuchen Sie das Hotel des sardinischen Gesandten. Sie werden von Auroren, die Sie dort erwartet, an einen Ort geführt werden, den Sie nicht verlassen dürfen. Schwören Sie mir, hinter dem Vorhang, den Sie zehn Minuten nach zehn gütigst zurückziehen wollen, nicht hervorzutreten! Cäsar, schwören Sie mir! Ich schäme mich vor Ihnen, daß ich Scham hatte. Verantworten Sie es einst! Vor Gott! Vor Gott! Aber ich liebe heiß, ewig, unaussprechlich! *Wally*« Und an Wallys Hochzeitstage zeichneten die Unsichtbaren ein reizendes Gemälde, ein Gemälde in altem Stil, zart, lieblich wie die saubern Farbengruppen, welche sich auf dem sammetweichen Pergamente goldener Gebetbücher des Mittelalters finden.

Rings, wie Rahmen und noch hineinrankend in die Szene, Epheu und Weinlaub. Auf den Ästen sitzen Paradiesvögel in wunderbarem Farbenspiel, auf den breiten Blättern der Arabesken schlummern Schmetterlinge, in den Kelchen der Blumen saugen Bienen. Oben schwebt der Vogel Phönix, der fußlose Erzeuger seiner selbst; unten blicken die spitzschnäbligen Greifen und hüten das Gold der Fabel. Bezaubernd und märchenhaft ist die Verschlingung aller dieser Figuren. Es ist wie ein Traum in den tausend Nächten und der einen. Zur Rechten des Bilds aber im Schatten steht Tschionatulander im goldenen, an der Sonne funkelnden Harnisch, Helm, Schild und Bogen ruhen auf der Erde. Der Mantel gleitet von des jungen Helden Schulter, seine Locken wallen üppig, wie von einem Westhauche gehoben. Das Auge staunt; ein Entzücken lähmt die Zunge. Zur Linken aber schwillt aus den Sonnennebeln heraus ein Bild von bezaubernder Schönheit: Sigune, die schamhafter ihren nackten Leib enthüllt, als ihn die Venus der Medicis zu bedecken sucht. Sie steht da, hülflos, geblendet von der Torheit der Liebe, die sie um dies Geschenk bat, nicht mehr Willen, sondern zerflossen in Scham, Unschuld und Hingebung. Sie steht ganz nackt, die hehre Gestalt mit jungfräulich schwellenden Hüften, mit allen zarten Beugungen und Linien, welche von der Brust bis zur Zehe hinuntergleiten. Und zum Zeichen, daß eine fromme Weihe die ganze Üppigkeit dieser Situation heilige, blühen nirgends Rosen, sondern eine hohe Lilie sproßt dicht an dem Leibe Sigunens hervor und deckt symbolisch, als Blume der Keuschheit, an ihr die noch verschlossene Knospe ihrer Weiblichkeit. Alles ist ein Hauch an dem Auge, ein stummer Moment, selbst in dem klugen Auge des Hundes, der die Bewegungen verfolgt, welche der Blick seines Herrn macht. Das Ganze ist ein Frevel; aber ein Frevel der Unschuld.

So stand Sigune einen zitternden Augenblick; da umschlang sie rücklings der sardinische Gesandte, der seine junge Frau suchte. Es war ein Tropfen, der in den Dampf einer Phantasmagorie fällt und sie in Nichts auflöst. Die Vorhänge fielen zurück, und Tschionatulander wankte nach Hause. Der Gesandte ahnte nichts. Tiefes Geheimnis.

4

Als Wally mit ihrem Manne nach Paris gekommen war, atmete sie auf. Sie war froh, sich von einer ganz verfehlten Stellung befreit zu sehen. Sie wußte, daß sie in Paris noch immer den stürmischen Bewegungen irgendeiner Neigung ausgesetzt sein konnte, daß ihre eheliche Treue mit weit gefährlicheren Lockungen wie in der Heimat würde herausgefordert werden; allein sicher war sie jetzt vor den Zumutungen der Genialität, vor dem verwirrenden Benehmen Cäsars, vor Männern, welche zu poetisch sind, um ganz nach der Mode, und zu modisch, um ganz nach der Poesie zu leben. In Paris siegte sie, wenn sie wollte, noch immer durch die sehr einfachen Künste der Koketterie. Nur die Situationen sind es, welche dem Leben der Pariser Frauen eine besondere Originalität geben. 57

Die Zeit, in welcher Wally mit ihrem Manne nach Paris kam, war bei Anfang des Aprilprozesses.

Wenn man glauben wollte, daß die Julirevolution in den Sitten der höhern Pariser Welt eine Änderung veranlaßt hätte, welche gleichsam dem Ernste der Zeit hätte entsprechen sollen, so verkennt man den Charakter der Franzosen. Die alte Revolution, welche eine Strafe der Frivolität zu sein schien, rottete die Frivolität doch selbst nicht aus. Die alte politische und gesellschaftliche Verfassung wurde gestürzt, aber die

Manieren erhielten sich. An dem Besitztume klebte etwas, was sich nicht von ihm trennen ließ; in den Reichtümern, welche kaum den Tod der einen veranlaßt hatten, lag ein Zauber, der auch die wieder verwirrte, welche die neuen Herren derselben wurden. Den Leichtsinn tilgte die Guillotine nicht.

Die neueste Revolution hatte zu den alten Elementen des Pariser Lebens neue, zu zwei Aristokratien, der bourbonischen und bonapartistischen, noch eine dritte gesellt, die Aristokratie der Banquiers. Mehr als je wurde das Geld der Hebel des gesellschaftlichen Mechanismus, seitdem eine Klasse in den Vorgrund trat, mit der es in dieser Rücksicht schwer war zu wetteifern. Weil die Pariser das Geld nicht anhäufen, sondern es als Mahlschatz immer wieder aufschütten und von dem Winde umtreiben lassen, so wird jede Lebensäußerung dort in den metallischen Strom mit hineingerissen. Dieser Strom ist es, welcher die entsetzlichsten Verheerungen in der Moralität und Freundschaft anrichtet. Sein Ebben und Fluten macht Leben und Tod. Er ergießt sich frei, offen, vor allen Augen, nicht einmal unterirdisch. Er wälzt seine goldschäumenden Wogen durch die Säle und kleinsten Gemächer. Man ist in Paris immer in der Nähe des Geldes, weniger dessen, was man besitzt, als dessen, wovon man nicht genug haben kann und das man unter allen Umständen sich zu verschaffen sucht. Daraus entstehen die meisten tragischen und komischen Konflikte der Pariser Gesellschaft.

Wally hatte keine Meditationen nötig, um über diese Dinge ins reine zu kommen. Sie verstand sie bald, da die Begegnisse selbst zu deutlich sprachen und dichterische Erfindungen, Schriften wie die von Balzac, sie hinreichend bestätigten. Wally philosophiert nicht, das wissen wir längst. Sie wird Paris nicht wie ein Phänomen nehmen, sondern wie eine Erfahrung, über die man erst reflektiert, nachdem sie erlebt ist. Sie wird sich in den dichtesten Strudel der Vergnügungen werfen. Sie wird den Becher der Lust und der Gedankenlosigkeit bis tief auf die Neige leeren. Sie wird jede Minute Leben benutzen, die sie nur verwenden kann, und käme sie einst zurück von Paris, wird sie von Paris nichts zu erzählen wissen. Wally gehörte bald zu den glänzendsten Erscheinungen auf dem Theater des Tages und der Nachrede.

Wenn wir im folgenden mehr ein Verhältnis schildern wollen, das in Wallys Hause und in ihrer Verwandtschaft sich entwickelte, so ist es deshalb, um einesteils über ihren Mann eine Ansicht zu haben, andernteils, um nichts zu unterlassen, was zuletzt doch berichtet werden müßte, weil es eine entscheidende Folge hatte. Wally beherrschte andere Kreise mit derselben siegreichen Gewandtheit. Sie hatte ein großes Stück an dem Netz zu weben übernommen, welches über Paris ausgebreitet ist und so viel Ehrgeiz, Eifersucht, Tragödie und Idylle in seinen Maschen festhält. Sie war eine fleißige Bundesgenossin des großen Feldzuges gegen Natur, Wahrheit, Tugend und Völkerfreiheit, welcher mit dem Leben der Großen fast immer zusammenfällt; ein Feldzug, dessen Gefahr von den Freuden seiner kleinen Siege im Ernst doch überboten wird.

Je weniger diese Katastrophe zunächst mit der Seelenrichtung in Wally zusammenhängt, die uns veranlaßte, sie zum Gegenstand einer poetischen Darstellung zu machen, desto mehr trägt sie bei, die Draperien zu bestimmen, auf deren Grunde sich die wahrhafte Originalität Wallys sprechender zeichnete. Indem Wally Szenen erlebt, welche mit ihrer Krankheit nicht in der entferntesten Berührung liegen, indem sie von einem Gedankenreiche losgetrennt ist, das sie selbst in sich aufgeregt hatte; muß auch der Kontrast desselben später nur desto tiefer in ihr Herz schlagen. Wally wandelt sorglos am Rande eines Abgrundes.

5

Eines Morgens hatte Wally soeben die Besuche einiger ihrer Verehrer entlassen und lachte noch über die Eitelkeit der jungen Männer, welche gestorben wären vor Ärger, wenn sie ihrer neuen Gilets, ihrer Reitpeitsche und Lorgnette keine Erwähnung getan hätte, als sie im Nebenzimmer ein lautes Sprechen hörte, das immer näher kam und dann plötzlich mit Gewalt unterdrückt wurde, gleichsam als würde jemand, der sich ihrem Zimmer nahen wollte, mit Heftigkeit zurückgehalten. Nachdem die hierauf eintretende Stille anzudeuten schien, daß eine Verständigung dem Besuche hatte vorangehen müssen, öffnete sich stürmisch die Tür, und ein junger Mann trat an der Hand ihres Gatten herein, der ihr in dem Ankömmling seinen längst aus dem Piemontesischen erwarteten Bruder Jeronimo vorstellte.

»Wahrhaftig, ich habe mich nicht getäuscht«, rief der junge Italiener. »Ihren Anblick, Madame, sog ich gestern in der Oper drei volle Stunden lang ein. Ich war kaum in Paris angelangt, als mich der Zufall in die Vorstellung der ›Cenerentola‹ führt und in die reizendste Perspektive, welche ich je gehabt habe. Madame, Sie saßen in einer Loge, von der ich nicht wußte, daß sie die meines Bruders war. Sie trugen blaue Seide, weiße Tüllstreifen, einen roten Schal und Marabouts in dem Haar?«

»Ihr Gedächtnis muß weite Taschen haben,« sagte Wally, »wenn sie am Morgen noch die Toilette der Damen angeben können, die Sie am Abend vorher bei den Italienern bezaubert haben, wie der in dieser Rücksicht bei den jungen Enthusiasten übliche Ausdruck ist.«

»Madame, es sollen viele eine gute Toilette gemacht haben, sagt man. Ich sahe nur Sie. Viele werden sie machen, ich werde nur Sie sehen. Wenn ich die Sprache eines Dichters führen könnte, dann würd' ich erst die Ausdrücke haben, welche Ihrer würdig sind. Ja, ich muß dies elende Wort ›bezaubern‹ adoptieren und meine Gefühle hinter der armseligen Wendung verstecken, daß ich Sie versichre, Ihre Schönheit kann niemals vom Künstler getroffen werden; denn müßte er nicht erblinden in der Anschauung solcher Reize, Madame?«

»Ich schäme mich, mein Herr«, sagte Wally, »Ihnen ein Wort empfohlen zu haben, das sie lernen sollten, um bald in die Gesellschaft der jungen Enthusiasten einzutreten; denn ich sehe, daß Sie schon Meister sind in diesen allerliebsten Übertreibungen, die man um so lieber hört, je weniger Grund sie haben!«

»Sie weichen mir aus, Madame; Sie vergessen, wenn Sie glauben, meine Liebe käme Ihnen ungelegen, daß Widerstand die Liebe verdoppelt. Sie haben die Wahl. Es ist wie mit den Sibyllinischen Büchern; aber umgekehrt: immer mehr Liebe, aber doch immer nur die gleiche Summe.«

Hier machte der Gesandte, der das Zimmer schon verlassen hatte, ein Geräusch nebenan und zwang beide jungen Leute, einen Moment darauf hinzuhören. Wally mußte über die etwas steifen Anträge ihres Schwagers lachen. Sein Feuer hatte mehr von dem russischen Spiritus. Für einen Italiener schien er ihr zu viel Worte zu machen.

»Setzen wir uns aber«, sagte sie freundlich, »mein lieber Jeronimo. Wir wollen versuchen, wie wir uns arrangieren. Es gilt nur, daß man sich verständigt. Wollen Sie meine Farbe tragen? Wollen Sie ins Wasser springen, wenn ich behaupte, es sei nicht tief? Wollen Sie sich mit halb Paris schlagen, wenn ich die Caprice habe, Ihnen Dinge in den Mund zu legen, die Sie über die Herzogin von Breteuil, die Gräfin Allan, die Vikomtesse von Hericourt geäußert hätten? Sie sehen, welche Arbeiten sich Ihnen auferlegen lassen, wenn Sie Herkules genug wären, sich in Dejanira zu verlieben.«

»Bezaubernd, Madame, entzückend! Wie liebenswürdig!«

»Und wenn wir auf dem Fuße hinken, womit der Liebhaber geht: so nehmen Sie den andern, den Fuß der Verwandtschaft, auf dem wir stehen. Ich glaube in der Art wohl, daß Sie ermüden können, Jeronimo, aber niemals, daß Sie fallen.«

Die Tür öffnete sich. Die Vikomtesse von Hericourt trat ein. Sie war eine jener niedlichen Schwätzerinnen, an denen nichts hübscher ist als eine perennierende Begleitung ihrer Stimme mit einer luftpumpenden Bewegung aus der Brust heraus. Sie seufzte bei jeder Periode aus der innersten Tiefe her, und da sie es lächelnd tat und mit glänzendem Auge, bekam dadurch ihr Ausdruck eine hinreißende Gewalt, daß man sich die Triumphe dieser Frau erklären konnte.

Jeronimo blieb aber bei aller dieser Grazie kalt. Er sprang nicht, wie junge Narren von fashionablem Tone mit Recht tun, wo es sich darum handelt, zwischen zwei schönen Frauen das Gleichgewicht zu erhalten, von einer zur andern über, sondern biß in seine Handschuhe, verlegen und nur Wally fixierend, die sein Benehmen nur als Affektation eines übertriebenen Eindrucks auslegen konnte.

Die Vikomtessa hatte so viel mitzuteilen, zu klagen, zu weinen, zu lachen, daß Jeronimo sich mit ihr zu gleicher Zeit entfernte. Er war stumm bis auf den letzten Augenblick geblieben. Die ganze Geläufigkeit, 62 mit der er begann, war gehemmt. Sie wußte nicht, wie sie diesen Charakter nehmen sollte. Er ist ein Russe, dachte sie unwillkürlich. Aber sie besann sich auf die Russen ihrer Bekanntschaft, auf welche dennoch keines der Merkmale Jeronimos passen wollte; denn die Russen, immer begierig, sich elegant und zivilisiert zu zeigen und den Juchtengeruch durch Bisam, eine Unanständigkeit also durch die andere zu verdecken, affektieren überall gegen Damen eine ekelhafte Liebenswürdigkeit, springen von einer zur andern und üben sich in süßen Grimassen. Jeronimo mußte also doch ein Italiener sein.

Am Abend kam Jeronimo in die Loge des sardinischen Gesandten. Wally hörte ihm gern zu; er hatte Ansichten über Musik und viel biographische Notizen über die italienischen Komponisten. Doch alles war flüchtig; denn eine Dame kömmt im Theater nicht zur Ruhe. Keine Meinung, die unter den Liebhabern verbreitet ist, ist so falsch als die von der Gunst, welche das Theater der Neigung gewähre. Man wird sein Idol neben sich haben, man wird stundenlang mit ihm flüstern können; das ist gewiß; aber das Idol wird auch immer zerstreut sein und hinter jeder aufgehobenen Lorgnette einen Mann vermuten, der mit dem Seufzenden neben ihr die Vergleichung aushält oder ihn wohl übertrifft in der Huldigung, die er ihr schenkt. Jener Satz gilt nur bei der Sentimentalität, welche nicht hört und nicht sieht, oder bei jenen kleinen Geschöpfen, die über ein geschenktes Freibillet glücklich sind und alles, was das Theater an Illusionen bietet, für die Schöpfung und die Bekanntschaft ihres Anbeters halten.

Als Wally nach Hause begleitet war von ihrem Schwager und ihn noch einige Zeit bei sich gesehen hatte, zog sie sich in ihre Gemächer zurück. Es klopfte. Der sardinische Gesandte trat mit einem Armleuchter in ihr Schlafkabinett. Sie erstaunte; denn solche Besuche waren ganz gegen die Verabredung.

»Was ist?« fragte sie gedehnt.

»Liebes Kind«, sagte ihr Gatte; »mein Bruder –«

»Ihr Bruder ist sehr langweilig.«

»Er liebt dich; aber höre nicht auf ihn. Was ich ihm auch vorstellen mag, es ist, wie wenn man Feuer plötzlich ins Wasser wirft; aber höre nicht auf ihn. Ich war in meinen Briefen unvorsichtig. Er liebt dich wie eine Nebelgestalt, die man sich aus Täuschungen zusammensetzt und die man sonderbarerweise jede Nacht wieder vor sein Bett zaubern kann. Er schwärmte mit der Luft, er –«

»Was will ich das?«

»Höre nicht auf ihn! Eh' er dich sahe und Nizza nicht verlassen durfte, irrte er in den Wäldern und warf Blumen in die Flüsse. Seine Neigung ist so stark, daß er jede Lebensfunktion seines Körpers mit dem deinigen verwechselt, daß er –«

»Lassen Sie!«

»Höre nicht auf ihn! Warum ist Cupido nur blind? Er ist auch taub, sag' ich oft zu Jeronimo, weil er nicht hört. Sollten seine Sinne verzaubert sein?«

»Oh, Sie werden zum Schwätzer: ich glaube gar, Sie machen Verse.«

»Wie ich dich liebe, Wally! Kind, diese Schere auf dem Tisch nehm' ich als eigne Parze meines eignen Geschickes und schneide eine deiner himmlischen Locken, um sie mit verstohlenen Küssen zu bedecken, wenn ich dich selbst nicht habe. Gute Nacht, Wally: vergiß ihn, höre nicht auf ihn!«

Was sollte Wally denken? Der Gesandte hatte ihr eine Locke genommen. Welche Zärtlichkeit! Zu dieser Stunde, wo sie ihn nie sah. Sie erbleichte, denn jetzt war ihr dieser Mann erst im Lichte eines Gatten erschienen. Welch ein Bild! Ein Narr! Eine schwerfällige Gestalt! Ein Ungetüm, das einen falschen Bart trug! Ein Geizhals, der selbst an Worten sparte und nie umsonst redselig war! Eine hülflose Phantasmagorie, die ein Licht in der Hand hielt und vor ihr stand, leibhaftig, als hätte sie einen Mann in den Vierzigen vor sich gesehen! Sie wischte an ihrem Antlitz, das er berührt hatte. Sie lüftete das Bett, um es von den unkeuschen Worten zu reinigen, die hineingefallen waren, denn es stand offen. Sie begriff jetzt erst die Lage, in der sie sich befand, daß sie seit vier Monaten an einen Mann verheiratet war, den sie nicht kannte. Sie müsse fliehen! schrie es unhörbar in ihr auf, und erst als sie über die Mittel, diese Torheit zu begehen, nachdachte, schlief sie ein.

6

Am folgenden Morgen bot sich Wally sogleich eine Ursache zur Verstimmung an, als wenn sie die Erinnerung des gestrigen Abends nicht gehabt hätte. Sie hörte im Nebenzimmer das zufällige Gespräch zweier Leute ihrer Bedienung, die sich über den Geiz und die Geldspekulationen der Herrschaft beklagten. Sie staunte über das ökonomische Talent ihres Mannes, der mit Milch gehandelt und Bier gebraut haben würde, wenn er in Paris zufällig die Anstalten dazu gehabt hätte. Nach jedem Diner ließ der Gesandte die Weinreste zusammengießen und führte seine Bedienten selbst an, wie sie von den Leuchtern die Kerzen nehmen und sie zum Lichtgießer tragen mußten, der sie gegen brauchbares Wachs eintauschte. Wally verstand viel zu wenig von solchen Dingen, als daß sie ihnen eine rechte Würdigung hätte geben können. Sie fühlte ein allgemeines Mißbehagen ihrer Seele, das sie verhinderte, diesmal das Lächerliche an dem Geize ihres Mannes zu entdecken. Es war eine gefährliche Stimmung, in der sie an Cäsar schrieb.

Als sie den Brief beendet hatte und sah, wie nur Kleinigkeiten der Pariser Konversation, satirische Bagatellen und viel Albernheiten aus ihrer Feder geflossen waren, da hatte sie bessre Laune bekommen. Sie freute sich, in Cäsar einen Mann gefunden zu haben, bei dem der Ernst sich hinter so vielem Scherz verstecken durfte, der nicht pedantisch war und vom Gefühl keine Überflutungen verlangte. Das Gefühl war einmal da, nicht in Gestalt einer das Herz betreffenden Empfindung, sondern in Gestalt einer Tatsache, der sich keine andere Auslegung als die einer Neigung geben ließ. Wally liebte jetzt Cäsar wahrhaftig, ohne sich darüber ein Geständnis zu machen. Sie hatte sich ihm auf ewig durch jene mystische Szene verpflichtet. Und doch war es weder Scham, was sie an ihn fesselte, noch der Gedanke, ihn besitzen zu wollen. So viel Unschuld bei so vieler Freiheit!

Als Jeronimo zu ihr eintrat, konnte sie mit Lachen seinen heißen Liebesbewerbungen zuhören, so heiter war sie. Jeronimo machte eine Miene, als wäre ihm ein großes Glück widerfahren, als hätte, er ein Unterpfand, das ihn gegen Wallys Scherze sicherte. Sie sagte ihm: »Wie tief sind wir doch schon in den Wahnsinn der Liebe versunken! Bart, Kleidung, alles seh' ich heute an Ihnen vernachlässigt! Sie gleichen jenen Shakespeareschen Liebenden in seinen Lustspielen, die so jämmerlich von dem Schmerz ihrer Brust verzehrt sind und, je verliebter sie werden, desto länger ihre schwarze Wäsche tragen. Und vor acht Tagen sahen wir uns zum ersten Male.«

»Vor sechs Monaten«, entgegnete Jeronimo.

»Wie, Sie kennen mich länger?«

»Länger, als Sie leben, Madame! Ich kannte Sie schon, als Sie nur noch ein Gedanke waren, der im Schoße Gottes schlummerte. Meine Liebe zu Ihnen ist nur die Erinnerung eines alten Glückes. Diese schwellenden Lippen, diese jetzt so spröde Brust: ich weiß es, ich habe sie schon einmal geküßt, ich habe sie schon einmal umarmt.«

»Fabelhafte Dinge muß ich hören, Jeronimo. Was würde die Vikomtesse von Hericourt denken, wenn Alfred Jardinier, dieser bürgerliche, aber liebenswürdige Anbeter, ihr solche Dinge sagte.«

»Lasen Sie Plato, Madame?«

»Nein!«

»Die Seelen meiner Person und der Ihrigen, Wally, sollen *einem* Schoß entsprossen sein. Die Bilder und Urtypen unsrer Persönlichkeit kannte schon die Ewigkeit, und was wir Liebe nennen, ist nur ein Tribut, den wir unsrer Vergangenheit, unserm Gedächtnisse und unsern früher eingegangenen Verpflichtungen schuldig sind.«

»Sie werden mich überreden wollen, daß Sie urweltliche Rechte auf mich haben; daß Sie diese Hand, welche Sie mir für eine Zärtlichkeit viel zu heftig drücken, schon vor der Sündflut besessen haben. Sie tun Unrecht, eine so kleine Frau, wie ich bin, in die großen Hallen der Philosophie einführen zu wollen.«

»Was Philosophie, Wally! Im Schoße Gottes trugen Sie einst dieselben gelben Pantoffeln, mit welchen Ihr Fuß noch jetzt so reizend kokettiert.«

»Mit all Ihrer Philosophie sind Sie doch im Irrtum über die gelben Pantoffeln. Es sind Schuhe, mein Herr; ich erwarte nun von Ihnen, daß Sie sie zu binden versuchen. Machen Sie es ordentlich, und vernachlässigen Sie mir künftig lieber den Plato als Ihre Toilette, die ganz geschmacklos ist.«

Während die Situation, die jetzt folgte, noch nicht beendigt war, trat ein Diener ein und zeigte an, das Cabriolet Jeronimos sei vorgefahren. Sie nahm ihren Schal, klagte viel darüber, daß er mit nichts umzugehen wisse, und stieg, sich auf ihn stützend, die Treppe hinunter. Jeronimo faßte selbst die Zügel des Pferdes und lenkte das gebrechliche Fahrzeug mit einer Ungeschicklichkeit, die Wally nicht erschreckte, da sie davon nichts verstand. Sie fuhren durch die Boulevards. Jeronimo wollte fahrend sprechen. Er hörte nicht auf, den Schoß Gottes im Mund zu haben. Wally hielt ihm diesen wahnsinnigen Mund zu; er übersah sein Pferd und rannte bei der Porte St. Martin so heftig in die Kutschen der Schauspielerinnen hinein, die vor der Tür des Theaters, wo eben Probe war, hielten, daß seine Bemühungen, sich herauszuwickeln, vergeblich wurden. Die Peitsche brauchte er nur zu seinem Mißgeschick. Das Pferd bäumte sich und hob die Gabel des kleinen Wagens so hoch, daß die beiden darinnen rücklings überfielen und Gefahr liefen, aus ihrem Sitze herausgeschleudert zu werden. Hier mußte ein Unglück geschehen.

Wally verlor einen Augenblick lang die Besinnung. Als sie wieder im Zusammenhang der schrecklichen Szene war, sahe sie den Wagen aus jener Verwirrung herausgeführt und das Pferd von einem Manne beschwichtigt, in welchem sie zu neuem Schreck Cäsar erkannte. Gott, jetzt fiel es ihr ein, sie hatte ihn schon zwei-, dreimal heute an dem Rande der Boulevards gesehen. War er es gewesen, so konnte die Rettung kein Wunder sein. Er mußte sie verfolgt und den Augenblick der nötigen Hülfe wahrgenommen haben.

Jeronimo staunte, wie er bei der weiten Fahrt statt Vorwürfe von Wally nur Scherz und Lachen vernahm. Er stotterte Bitten heraus, die sie nicht verstand. Sie war außer sich vor Entzücken. Jeronimo wußte sich nichts zu erklären und eilte, ihrem Wunsche nachzukommen. Sie wollte nach ihrer Wohnung zurück.

Wally stand den ganzen Vormittag wie auf Kohlen. Sie kam nicht vom Fenster, weil sie jede Minute hoffte, Cäsar an dem Torwege zu sehen. Sie nahm mechanisch an der Mittagstafel teil, ging nicht ins Theater; aber Cäsar kam nicht. Jetzt erst fiel es ihr ein, daß sie sich getäuscht haben konnte, und rief einem ihrer Leute, den sie unverzüglich zu Herrn von Werther, dem preußischen Gesandten, schickte, um über ihren Anblick Gewißheit zu haben.

Der Bote brachte die vernichtende Nachricht, Cäsar hätte sich seit länger als vier Wochen in Paris aufgehalten und habe seinen Paß zur Abreise bereits zurückgenommen.

Wally blieb stumm vor Schmerz. Sie hielt das erblaßte Haupt auf der krampfhaften Hand gestützt und gerann in Eis statt in Tränen. Womit hatte sie diese Demütigung verdient! Sie kannte Cäsar genug, um zu wissen, wie dieses Betragen mit seinem Wesen zusammenhing. Ach! auch dies nicht ganz so wunderbare, wozu Cäsar es machen wird, Begegnen an der Porte St. Martin, sagte sie vor sich hin, wird er wie eine Romanenepisode nehmen, um sein ewiges Selbstennui, seine hypochondrische Quälerei damit zu würzen und aufzustutzen.

Wally seufzte tief auf und durchmaß mit Verzweiflungsschritten ihr Zimmer. Es schien ihr der herbste Schlag, der sie treffen konnte. Das Gehen machte sie ruhiger. Sie setzte sich, und jetzt erst konnte sie weinen.

»Womit verdient' ich das?« war ein erstickter Ton ihrer Stimme. Woran dachte sie jetzt! Was hatte sie alles getan, um ihm eine Liebe zu zeigen, an die er, an die sie nicht glaubte und die sich doch so unvertilgbar in ihre Herzen eingenistet hatte! »Womit verdient' ich das?« Unglückliche Wally! Was hattest du nicht dem Egoismus eines Mannes geopfert? Du gabst ihm deine Seele, deine Gedanken, deine Scham, alles, was du außer dem armseligen Stand der Verheiratung hattest; und dies alles dem Egoismus, dem Lächeln, vielleicht dem Verrat? »Oh, das wäre entsetzlich«, schrie sie auf; dem Verrat? Das nicht, Wally! Aber sein Herz ist kalt, er lebt nur von Gefühlen, die er raffinieren und filtrieren kann, er trotzt gegen sich selbst; du bist die Leiche, die er mit Füßen tritt. Wally! Wally! Ihr Blick fiel auf den noch offenen Brief, den sie an ihn geschrieben hatte. Welches Vertrauen, welche Harmlosigkeit! Wie treue, kindische Worte! Wie alles so selig, so unbewußt verbrecherisch, so süß in etwas, was zuletzt immer eine Übertretung ihrer Pflicht war! Sie hatte ihm alles gegeben! Sie weinte; ihre Gedanken schwammen fort auf ihren nassen Augen, ihr Bewußtsein sank hin in eine allgemeine

Erschöpfung, in eine Ohnmacht, die von einem hitzigen Fieber abgelöst wurde. Sie sollte erst nach langer Zeit von diesem Schmerze erwachen. 69

7

Drei Wochen hindurch war der Wächter: Bewußtsein vom Tore der Vernunft verschwunden. Die Gedanken Wallys waren freigegeben, das Dach stand offen, jedes Auge konnte in das glühende Hirn hineinsehen und die Verwirrung der Ideen mit seinen Blicken verfolgen. Da lagen sie alle, die wie ein Kapital angelegten Eindrücke der Vergangenheit, ohne die lachenden, fröhlichen Zinsen des Umgangs und des Bewußtseins zu tragen; nackte Leiber, die des bunten Gewandes der Rede ermangelten, Ideenembryone, so gräulich anzusehen wie die Infusorien, die man durch Vergrößerungsgläser in einem Wasserglase unterscheidet. Die Erinnerungen, Ideen und Ideenschatten jagten sich untereinander und gingen wahnwitzig lächerliche Bundsgenossenschaften ein und fraßen sich untereinander auf wie Ungetüme, denen die Gestalt, die Schönheit, die Freiheit des Willens und das Wort fehlt. So lag Wally drei Wochen.

Als sie zum ersten Male die Augen mit Bewußtsein aufschlug, erblickte sie Auroren und fragte nach allem, was seither geschehen wäre. Diese junge berlinische Schwätzerin schlug die Hände zusammen, setzte sich die Mütze der Verwunderung auf und hatte viel von Wallys fieberhaften Phantasiestücken zu erzählen. Wally fühlte sich stark zu hören, auch stark, sich zu erinnern. Sie wußte deutlich, wer die Schuld ihres Übels trug; sie ging auch bald wieder bei diesem Gedanken in die Nebel zurück und sprach von einem Manne, der sie gerettet, aber nicht besucht hatte.

Aurora sprach von Jeronimo. Sie schilderte seine Verzweiflung. Er hielte sich für den Urheber von Wallys Leiden, er verließe das Haus nicht und würde durch nichts aufgehalten, Augenblicke, wo Wally schliefe, zu benutzen und in ihr Zimmer zu dringen.

»Wer?« fragte Wally.

»Jeronimo!« 70

Es gehörte noch Anstrengung dazu, daß Wally wieder wußte, warum sie nach Jeronimo gefragt hatte. Sie vergaß es und räumte Aurorens Schwatzhaftigkeit das Feld. Diese tummelte sich weidlich darauf. Sie kam immer wieder auf den Italiener zurück, bis er selbst kam und an Wallys Bett niederkniete. Wally sahe ihn, aber sie erkannte ihn nicht.

Jeronimo stand bleich und hager da. Seine Wangen waren eingefallen und abgezehrt. Die Augen blickten starr und mit einem unheimlichen Feuer. Sein Äußeres war gänzlich vernachlässigt. Hätte man nicht annehmen müssen, daß ihn die Trauer verhinderte, Sorgfalt auf sich zu verwenden, so würde man zu dem Glauben gezwungen gewesen sein, seine Erscheinung sei die Folge der Armut. Er sprach italienisch; Aurora verstand nichts davon, zu seinem Glücke; denn hätte sie es verstanden, wie würde es ihr entgangen sein, daß Jeronimos Reden einen bedenklichen Geisteszustand verrieten?

Wally verstand wohl die wahnwitzigen Worte an ihrem Bett, aber sie wußte nicht, von wem sie kamen. Und hätte sie es gewußt, so würde sie sogleich auf den Zustand reflektiert haben, den sie soeben von sich selbst erfahren hatte. In der Tat, sie verwechselte auch den Wahnsinn, den sie hörte, mit dem, welcher sie selbst beherrschte, und flehte unhörbar, ihr nichts zuzurechnen von der Verwirrung, die aus ihrem bewußtlosen Haupte entsprang. Jeronimo küßte ihre Hand. Sie erkannte ihn nicht, als er wie ein Gespenst von ihrem Lager fortschlich.

Benutzen wir den Augenblick, wo der Faden unsrer Erzählung gehemmt ist durch das Schicksal ihrer Heldin, die sonderbare Erscheinung Jeronimos und das Verhältnis zu seinem Bruder näher zu erklären. Jeronimo ist eine widerliche Störung dieses Berichts. Wallys unübertreffliche Originalität, das bunte Farbenspiel ihrer Laune verdiente wahrlich nicht, von so fratzenhaften Verrückungen menschlicher Gefühle und Verhältnissen, wie wir sie kennenlernen werden, paralysiert zu werden.

Luigi und Jeronimo hießen die beiden Brüder, welche uns bis jetzt nur in so nebelhaften Umrissen erschienen sind. Jener war der ältere, dieser der jüngre; beide an Jahren so verschieden wie an Gestalt und Gemütsrichtung. Luigi ein praktischer Egoist, Jeronimo ein exzentrischer Schwärmer, dort das drohende Extrem der Bosheit, hier des Wahnsinns. Beide Brüder hatten zu gleichen Teilen ein großes Vermögen geerbt; aber verschiedenartig war der Gebrauch, den sie davon machten; Luigi geizte, Jeronimo verschwendete. Luigi traf in Jeronimos sanfter Gemütsstimmung keinen Widerstand, als er ihm bei den Verschleuderungen seinen Rat anbot und sich für bereit erklärte, die Verwaltung seines Vermögens zu übernehmen. Die Verantwortlichkeit machte Luigi schlecht. Immer im Harnisch gegen Jeronimos Unbesonnenheiten, längst gewohnt, ihn wie ein Zuchtmeister seinen Gefangenen zu behandeln, immer in der Illusion, daß er das Gute, Noble und Ehrliche täte, während er doch nur das Kluge und Nützliche tat, nahm er seine eigne Verfahrungsweise wie etwas Notwendiges und gewöhnte sich daran, Dinge als sein Eigentum zu betrachten, für welche er zuletzt wirklich einstehen mußte. Diese Verwechselung war leicht gemacht und artete in dezidierte Schlechtigkeit aus. Es galt nicht mehr, daß Luigi für all die Torheiten, die Jeronimo beging und unschädlich machen mußte, sich schadlos halten wollte, daß er durch die Verwendungen, die er überall versuchte, als Jeronimo ins Gefängnis geworfen wurde wegen Karbonarismus, ein Recht über des jüngern Bruders Leib und Leben zu haben sich überredete, sondern bald wurde es Ziel und Plan bei ihm, einen Menschen, dem nicht zu helfen war, gänzlich zu unterdrücken und das Vermögen an sich zu ziehen, welches Jeronimo noch besaß und möglicherweise auf irgendeine seiner flüchtigen Neigungen vererben konnte.

Von einer neuen Torheit, die Jeronimo beging, wußte Luigi erst kaum, wie er sie behandeln sollte. Er hatte ihm von Wally geschrieben, von ihrer Jugend und Schönheit.

Jeronimo bat ihn, nichts von ihren Reizen zu übergehen. Luigi fährt in seinen Entzückungen fort, und Jeronimo schwört ihm in einem Briefe, daß Wally nur für ihn bestimmt wäre. »Lächerlicher Einfall!« sagte Luigi, als er am Tage seiner Hochzeit diesen Brief empfing. Aber Jeronimo hörte in seinen Grillen nicht auf. Er drohte, noch in Haft befindlich, die er sich durch eine unbesonnene Tötung zugezogen hatte, mit dem Äußersten. Die Idee schien fix bei ihm geworden zu sein. Es ist nicht unmöglich, daß man in ein Bild sich verlieben kann. Arme Wally! Mußte deine glatte, stille, liebliche Seele, dein nüchternes, von allem Exzentrischen abseites Leben in solche Strudel gerissen werden?

Luigi wußte, daß sein Bruder nach Paris kommen würde. Er hatte ein Mittel gegen ihn und scheute sich nicht, da er sahe, welchen Eindruck Wally auf Jeronimo machte, es in Anwendung zu bringen. Was war ihm Wally? Welche Genüsse gewährte sie ihm? Und doch war er nicht so niedrig, sie an seinen Bruder gleichsam verkaufen zu wollen; er war mehr bös als gemein, mehr europäisch schlecht als italienisch ordinär. Er wollte Jeronimos Neigung im Schach erhalten und davon Gewinste ziehen. Sein Geiz sahe mit Schrecken, wie des Bruders Vermögen in den durstigen Sand der Pariser Vergnügungen und Ausschweifungen verrinnen würde. Er sahe schon tausend Arme geöffnet, tausend Zärtlichkeiten als Falle gelegt, er zitterte vor dem weiten Meere, dessen Abgrund bald Jeronimos Erbe verschlingen mußte. Er wollte es retten. Er wollte es absorbieren, erst, wie er glaubte, um es zu bewahren, dann, um es nie wieder herauszugeben. Wally mußte zu diesem Zwecke dienen. Ihre Koketterie mußte Jeronimo fesseln und unglücklich machen. Luigi arbeitete planmäßig, um das Hirn des Bruders zu verrücken. Er brachte Grüße, Zärtlichkeiten, Locken und zwang den Glücklichen, von Wally sich immer wieder enttäuschen zu lassen. Jeronimo war schwach, ein Kind, eine tote Hand seines Vermögens. Luigi eignete sich alles zu. Wer kann zweifeln, daß Wally imstande war, durch ihre unzähligen kleinen Charakterlosigkeiten einen Mann zu vernichten? Sie tat es, ohne darum zu wissen. Sie wurde unbewußt das Werkzeug einer nichtswürdigen Intrigue.

8

Jeronimo hatte früher eine glänzende Wohnung besessen, jetzt mußte er sich einschränken. Er trat in Paris mit all dem Glanze auf, der der Wiederschein seines Vermögens war; jetzt hatte ihn eine unglückliche Leidenschaft so gebeugt, daß er nicht einmal das Schmerzliche seiner gegenwärtigen Lage empfand. Er dämmerte in seiner Idee hin. Er gab alles seinem Bruder, seitdem er keine Bedürfnisse mehr kannte. Sein ganzes Vermögen wurde Luigi verschrieben. Zuweilen, am frühsten Morgen, wenn noch keine Seele auf der Straße war, besuchte ihn dieser und stieg die vier Treppen hinauf, über denen Jeronimo wohnte. Denn er wollte nicht, daß sein Bruder irgendeinen Groll gegen ihn faßte. Er gab sich immer das Ansehen, als sorgte er väterlich für den Verlassenen, als bewahre er ihm seine Glücksgüter, die in seiner trüben Seelenstimmung ihm doch eine Last sein würden. So hatte er auch eines Morgens bedächtig an die Tür der kleinen Kammer gepocht, welche Jeronimo bewohnte. Er trat hinein und fand seinen Bruder lang ausgestreckt auf einem schlechten Bett, dessen er sich als eines Sofa bediente. An den kahlen Wänden hingen einige schlechtgemalte Heiligenbilder. Auf den Kissen rings lagen die zerstreuten Bestandteile einer ganz mangelhaften Toilette; auf dem Tische einige Bücher, die mit Staub bedeckt waren und deshalb ahnen ließen, daß Jeronimo noch aus sich selbst Trost und Unterhaltung schöpfen konnte.

Als Luigi eintrat, sprang sein verlassener Bruder auf, grüßte mit einer mechanischen Höflichkeit, für welche er selbst keinen Grund wußte, räumte schnell einen Stuhl ab und schob ihn zurück, um seinem Besuche Platz zu machen.

»Ist sie wohl?« war seine erste Frage. Luigi bejahte sie mit dem Lächeln eines Mannes, der hier gleichsam sagen wollte: Es hängt alles von dir ab! oder: Du kannst Vorteil davon ziehen!

Aber Jeronimo war nicht so starken Glaubens. »Sie liebt mich nicht!« rief er aus, »sie ist grausam und kalt! Man sieht, daß ein solches Herz nur im Norden geboren werden konnte.«

»Was hängst du auch, mein Sohn!« entgegnete Luigi, »dieser Grille nach? Warum sich einer Leidenschaft hingeben, welche ohne alle innere Begründung ist und die nur dazu dient, dein ganzes Leben zu verwirren?«

»Sie läßt mich nicht mehr vor!«

»Du zwingst sie dazu; denn Sie liebt mich von Herzen. Was richtest du an! Du bist in der glänzendsten Lage, bist reich, jung, hast eine ausgesuchte Bildung; warum entziehst du dich der Gesellschaft? Warum diese schlechte Wohnung, die dich um deine Annehmlichkeiten und mich um meinen Kredit bringt? Warum dieser vernachlässigte Aufzug, welcher eher dem eines Industrieritters und Bankeruttiers gleicht als dem Range und dem Geiste, den du besitzest?«

»Du bist sehr boshaft, Bruder!« sagte Jeronimo, den ein Vernunftfunke durchleuchtete. »Wenn ich mich vernachlässige, so bist du schuld daran, meine Liebe wahrlich nicht, welche nur dazu dient, das Unglückliche meiner Lage mich weniger herb fühlen zu lassen. Wer spiegelt mir die ungeheuern Verluste vor, die mein Vermögen soll erlitten haben?«

»Ungerechte Beschuldigung!«

»O sieh, Luigi! ich blicke tief in dein Inneres. Dein Geiz ist die Triebfeder deiner Schlechtigkeit. Du hast dir immer das Ansehen gegeben, mein Beschützer zu sein, und wahrlich, du machtest dich vortrefflich dafür bezahlt. Ich würde wahrhaftig keine deiner ehrlosen Intrigen zugeben, Mann, wenn ich mir Besonnenheit und Festigkeit des Willens in meiner jetzigen Lage erhalten hätte.«

»So ungerecht sprichst du zu einem Bruder, der für dich sorgt, Jeronimo? Der niemals in dieses verfluchte Schmutznest tritt, ohne von den Geldrollen in seiner Tasche einen schweren Tritt zu haben. Wann komm' ich leer? Ich biete dir alles an: ich beschwöre dich anzunehmen. Auch jetzt: siehe! nimm! aber wache über deine Ausdrücke, die mein Herz verwunden und der Welt Veranlassung zu einem falschen Urteil geben können.«

»Oh, damit schläferst du dein Gewissen ein, mit diesen Geldrollen, welche hier liegen und von mir nicht geachtet werden, weil ich keine Bedürfnisse mehr habe! Man hat gut von Reichtümern zu einem Manne reden, der das Gelübde der Armut ablegte. Was fürchtest du wohl mehr, Prahler, als meine erwachende Lebenslust? Sie kann niemals kommen, Glücklicher! Du siehst mich dem Tode entgegenreisen und hoffest, bald der Sorge um einen Menschen enthoben zu sein, von dem ich selbst gestehe, daß er für menschliche Berührungen und das im Dasein Gewöhnliche kein Kettenglied mehr ist. Du aber warst es, der mich um Wally betrogen hat.«

»Lenk' ich die Neigungen dieser schwer zu zügelnden Frau?«

»O Mensch, Bruder, du warst auch als Gatte schlecht genug, mir Hoffnungen zu machen.«

»Verächtlicher!« rief Luigi und sprang vom Sitze auf.

»Oh, setze sie vor dein kahlgewaschenes Antlitz, die Maske der Entrüstung! Dein Weib mußte der Blitzableiter meiner gewitterdrohenden Neigungen und der Hagelwetter werden, welche mein Vermögen ruinieren konnten. Dein Geiz sah alles vorher. Ein teuflisches Spiel hast du mit mir getrieben. Zu den Beleidigungen fügtest du noch meine Entnervung, meine Unfähigkeit, mich für sie zu rächen, hinzu!«

Und das sagte Jeronimo mit Recht. Denn wie richtig er auch das Benehmen seines Bruders, diese Manier, ihn zu beobachten und in der Hand zu haben, durchschaute, so war er doch in seiner Willenskraft wie gelähmt. Eine unerwiderte Neigung hatte ihn zu Boden geworfen. Er war keines Entschlusses fähig, wenn sein Bruder so schlecht handelte, ihm wieder eine neue Hoffnung zu machen. So lächelte Luigi auch hier, nahm die Geldrollen und ließ, indem er sie einsteckte, wie zufällig die Schleife eines blauen Damenkleides aus ihr herausfallen. Jeronimo fing sie auf und preßte sie an seine Lippen. Sie war von Wally, ein Raub in derselben Art, wie ihn ihr Gatte oft mit verstellten Zärtlichkeiten beging. Während Jeronimo im Entzücken dieses Besitzes schwelgte, fand Luigi Muße, sich ohne Geräusch zu entfernen.

Als er dicht bei seinem Hotel war, öffnete sich die Tür desselben, und einer seiner Bedienten trat heraus, ohne ihn zu bemerken. Ein junger Mann sprang auf den flüchtigen Burschen zu, hielt ihn an und fragte ihn dringend, indem er etwas durch Geld belohnte, was noch kommen sollte: »Ist die Gräfin zu Hause?«

»Ich glaube nicht.«

»Sei aufrichtig: ich muß es wissen!«

»Sie ist bei der Vicomtesse von Hericourt.«

»Dort kann ich sie nicht sprechen. Sie war krank?«

»Wer? Die Gräfin? Freilich; sie ist vor einer Woche vom hitzigen Fieber genesen.«

»Gerechter Gott! Wie lebt sie denn im Hause? Hat sie viel Vergnügungen?«

»Sie wissen wohl, hierin läßt sie sich nichts entgehen. Sie glauben, Herr Baron, ich kenne Sie nicht? Wie oft waren Sie bei der Gräfin, als ich noch mit ihr Manêge ritt.«

»Du kennst mich? Sage ihr nicht, daß du mich gesehen hast: morgen aber hilfst du mir, sie ohne Zeremoniell und weitläufige Anmeldung sprechen zu können!«

77

Der Gesandte sah dem forteilenden Fremden nach. Er erkannte ihn als einen Deutschen, dem er früher begegnet sein mußte. Der Bediente gab ihm den Namen an; doch hatte er nie gewußt, daß dieser mit Wally in einer Verbindung gestanden hätte. Er trat in sein Hotel.

9

Am folgenden Morgen, als Wally sich noch in den ersten Umrissen ihrer Toilette befand und im neusten Hefte der »Revue de Paris« blätterte, wo sie durch die Schwärmereien eines französischen Gelehrten über deutsche Zustände, die er aber falsch verstanden hatte, sehr belustigt wurde, riß eine unangemeldete Hand die Tür ihres Zimmers auf und stürzte mit einem freudigen Gruße zu Wallys Füßen.

Sie war bleich vor Schrecken, als sie es dulden mußte, daß Cäsar sie stürmisch in seine Arme schloß und ihre Hand mit seinen Küssen bedeckte. »Meine Wally!« war der einzige Ausruf, der über seine bewegten Lippen dringen konnte. Wally zitterte vor Schrecken und Freude. Auch sie konnte keinen Ausdruck finden.

So saßen sie sich eine Weile stumm gegenüber; aber ihre Blicke sprachen mit feurigen Zungen und hatten tausend Dinge zu gleicher Zeit zu fragen und mitzuteilen. »Dein Tschionatulander!« sprach dann

Cäsar mit holdseliger Ironie. Wally errötete und barg ihr glühendes Antlitz vor Scham an seine Brust.

»Sie müssen mir diesen stürmischen Angriff verzeihen!« fuhr dann Cäsar fort. »Ich habe viel bei Ihnen gutzumachen und will es durch Dinge, welche für Sie von Wert sind.«

»Sie haben vor zwei Monaten mir das Leben nur gerettet, um es mir zu nehmen!« sagte Wally.

»Ich wollte Sie nicht besuchen. Ich vermied Sie. Warum? fragen Sie mich! Ich weiß es nicht. War ich stolz, beleidigt? Nein: es war lächerlich; aber Sie kennen mich, Wally, wie schwierig ich zu behandeln bin. Ich lasse immer auf eine Liebenswürdigkeit zehn unerträgliche Torheiten kommen.«

»Liebenswürdigkeiten! Unerträglich! Torheiten! Oh, alles, wie sonst – mein Cäsar!«

»Meine Wally! Aber Sie schweben in einer unvermeidlichen Gefahr, aus der ich Sie retten muß. Ihr guter Ruf ist bedroht. Sie verdanken das Ihrem Manne. Welche Leute kommen in Ihr Haus?«

Wally hatte nicht viel Gehör für diese Worte, für den Inhalt nicht, nur für den Schall, den sie an Cäsars Munde verfolgte. Wenn die Wörterbücher es erlauben, sich so auszudrücken, so wollte sie ihn nur sprechen, nicht reden hören.

»Nein, in der Tat, Wally! Wer ist dieser Jeronimo? Alle Welt spricht davon. Es ist unmöglich, daß Sie Anteil an dieser Intrige haben. Sie kömmt allein auf Rechnung Ihres Mannes.«

Wally lächelte nur und weidete sich an dem Anblick.

»Nein, bezaubernd sind Sie, Wally!« grollte Cäsar mit komisch-weinerlicher Stimme; »aber so hören Sie doch und gehen Sie auf etwas ein, das Sie interessiert.«

Cäsar mußte sie wecken, mit Küssen wecken aus ihrem Rausche. Er mußte Auge an Auge, Stirn an Stirn legen, jeden Zug in Wallys Antlitz bannen, um sie in seiner Gewalt zu haben und seinen Worten Eingang zu verschaffen. Wally tat noch immer nichts, als in einer gewissen gemachten Abwesenheit von unten herauf mit einer halben Wendung ihres Kopfes, mit klugen und verdächtigen Augen an ihn sich hinaufschmiegen und das küssen, was sie grade traf, Auge, Mund, Nasenflügel. Man muß lieben, um diesen malerischen Gestus der Zärtlichkeit zu verstehen.

»Wally!«

»Cäsar!«

»Wer ist Jeronimo?«

»Ein Narr.«

»Der Bruder Ihres Mannes?«

»Der Bruder meines Mannes.«

»Er liebt Sie.«

»Er liebt mich.«

»Er ist wahnwitzig.«

»Er ist wahnwitzig.«

»O, Wally! Wally!«

»Was soll ich nur? Warum inquirieren Sie mich?«

»Man behauptet, Jeronimo würde mit Vorspiegelungen von Ihnen hingehalten, während Ihr Mann die Zeit benutzt, seinen eigenen Bruder auszuziehen.«

»Aus der Komödie! Ein Roman von Eugene Sue, Balzac, Victor Hugo; was soll ich lesen? Raten Sie mir: ich verwildre ganz, Cäsar.«

»Keine Fabel, nein! Im Hotel des sardinischen Gesandten plündert man die unglücklichen Liebhaber.«

»Und die glücklichen, Cäsar, sind langweilig.«

»Und die glücklichen Liebhaber, Wally, wollen nicht, daß ihr Idol ein Gegenstand der allgemeinen Beschimpfung ist.«

»Wer beschimpft mich?«

»Ihr Mann!«

»Nun, so müssen Sie mich wieder reinwaschen.«

»Das will ich; aber –«

»Aber –«

»Geben Sie mir Aufschlüsse, Data, Erklärungen. Wer ist Jeronimo? Was will er? Was hat er? Ahnten Sie nichts? Teilen Sie die Schuld Ihres Mannes?«

»Gott, so hören Sie auf, Cäsar. An diesen Sachen nehm' ich keinen Teil. Ich habe ja an Ihnen genug, Cäsar; ich lasse Sie nicht. Reden Sie von der Vergangenheit, von Ihren Lebensschicksalen, von unsern Freunden. Kein andres Wort, oder ich verlasse Sie im Augenblick.«

Cäsar begriff diese Grillen nicht. Verdiente er, so geliebt zu werden!

»Nun dann!« sagte er lachend und ärgerlich zugleich und begann, auf die Themata einzugehen, welche Wally entzückten. Bis zur Mittagszeit konnten sie über diese Dinge sprechen, ja noch in der Loge des Theaters, und nach dem Theater bis tief in die Nacht hinein.

10

Endlich hatte Wally den Zusammenhang ihrer häuslichen Verhältnisse erfahren. Cäsar war unermüdlich, den Ruf seiner Freundin wiederherzustellen und die öffentliche Meinung über sie zu berichtigen. Sie dankte ihm dafür nicht einmal; denn sie lebte gar nicht in bezug auf diese unwürdigen Dinge, weil sie weder von ihnen eine Vorstellung hatte noch sie für wert einer Aufmerksamkeit hielt, die größer gewesen wäre als die vollständige Erschöpfung ihres Verhältnisses zu Cäsar.

So verflossen einige für sie unersetzliche Tage. Wally duldete nicht, daß irgend etwas sie im Genusse derselben störte. Sie gab sich wenigen Besuchen preis. Die meisten wies sie ab, vor allen die Anmeldungen Jeronimos, den sie in seinen Leiden mit einer entsetzlichen Grausamkeit behandelte. Sie trat alles mit Füßen, was nicht in unmittelbarer Beziehung auf Cäsar stand.

»Sie müssen mich über diesen Unglücklichen anhören«, sprach Cäsar einst zu ihr. »Er glaubt Rechte auf Sie zu haben und behauptet, daß Sie um den Preis seines Vermögens die seine wären.«

Wally lachte hierüber, dann aber sagte sie ärgerlich: »Was soll ich aber tun? Ich bin dieser Verhandlungen müde, daß mir meine Lage unerträglich wird. Es kömmt so weit, daß ich jedes Mittel ergreife, Paris zu verlassen.«

»Was tut Ihr Mann? Was sagt er Ihnen? Will er denn alles geschehen lassen?«

»Was geschieht denn? Gütiger Himmel, so schenken Sie den Narrheiten der Welt nicht fortwährend Ihr Ohr. Ich bin für Sie ohne Tadel und bedarf nicht mehr, weil ich nur Ihnen gefallen will. O Gott! Ist je zu einem Manne so gesprochen worden?«

»Sie verwirren meinen Kopf, Wally!«

»Gewiß: denn der meinige ist unfähig, noch im Zusammenhange zu denken. Wollen Sie etwas Entscheidendes tun?«

»Nun?«

»Befreien Sie mich aus dieser Lage! Ich gehe mit Ihnen aus Paris und kehre niemals zurück. In der Einsamkeit will ich wohnen, selbst wenn Sie mich verbergen müßten. Hier ist die Luft verpestet. Sagen Sie alles meinem Manne. Er ist ein Pinsel, der gar keine Rechte auf mich hat. Fort! Gehen Sie noch jetzt hinüber zu ihm.«

Als Cäsar mit dem Gesandten allein war, sagte er zu ihm: »Mein Herr, Sie vernachlässigen den Ruf und die Ruhe Ihrer Frau.«

»In welcher Eigenschaft sagen Sie mir dies?« fragte der Gesandte.

»Als Bevollmächtigter und Beauftragter Ihrer Frau, als Freund des Hauses, dem sie angehört, als Teilnehmer an Wallys Lebensschicksalen, die sie betreffen, als beträfen sie mich selbst, zuletzt – wenn auch nur – als Beschützer eines Wesens, das unschuldig ist und nicht die Kraft hat, sich von einer Intrigue loszusagen, in welche sie wider ihren Willen verwickelt wurde.«

»Sie scheinen von den Verhältnissen meiner Frau mehr zu wissen als ich selbst. Doch will ich ihre Mitteilungen abwarten, um mich zu irgend etwas bestimmen zu lassen.«

»Dann werden Sie freies Spiel haben, mein Herr! Wally lebt nicht mit dem, was um sie vorgeht.«

»Dann scheint es, als bauten Sie ihr eine neue Welt.«

»Ja, Sie können so sagen, wenn Sie darunter verstehen, daß ich die alte einreißen werde. Was können Sie tun, um Ihrem Bruder seinen Verstand wiederzugeben und die Reichtümer desselben, welche Sie sich das Ansehen geben, mit Ihrer Gattin zu teilen? Sie wagten es, eine himmlisch reine Seele zu beschmutzen. Sie wagten es, das Leben eines Bruders methodisch zu untergraben. Gegen das letzte werden die Gesetze auftreten, gegen das erste aber Gesinnungen, die sich weder widerlegen noch bestechen lassen.« 82

»Aber auch gegen diese tugendhaften Gesinnungen wird es Gesetze geben; denn Sie wissen, daß diese Art Tugend nicht überall am Orte ist.«

»Die Gesetze werden zu spät kommen.«

»Wie sollten sie von Ihnen vereitelt werden?«

»Durch die Entführung Ihrer Frau, die Brandmarkung Ihres Namens, durch die Aufhebung jeder ehrlichen Gemeinschaft mit Ihnen, durch tausend Vorsprünge, welche die Ehrlichkeit vor einem Manne voraus hat, der mit dem guten Namen seiner Frau das Vermögen eines Bruders kauft, der zur einen Seite die Menschen übel berüchtigt, zur andern wahnsinnig macht. Wahrhaftig, ich schwöre Ihnen –«

Der Gesandte trat scharf auf Cäsar zu und hintertrieb hiedurch das, was dieser sagen wollte, er stieß einige Drohungen aus und verließ dann mit einem gemachten Stolze das Zimmer. Cäsar wollte ihm nach, aber die Tür war ins Schloß gefallen.

Als er in die Zimmer Wallys zurückkam und er hörte, daß sie im Bade sei, verließ er unmutig über die verlorne Mühe das Hotel. Seine Ausdauer war erschöpft. Er war nahe daran, jetzt alles so kommen und so gehen zu lassen, wie es ging. Aber noch an demselben Abende sollte eine Schlußkatastrophe den Knoten durchhauen.

Jeronimos Seelenzustand war unheilbar zerrüttet. Es war ihm nur noch eine Kraft geblieben, die gefährlichste für seinen unzurechnungsfähigen Zustand, die Kraft, Entschlüsse zu fassen und sie um so eher ins Werk zu setzen, weil ihn nichts in seinen Combinationen störte. Jeronimo war fast ein Bild des Todes. Das dunkle Feuer seines Auges hatte sich selbst verzehrt, ein Büschel dünner Haare deckte den kahlen Scheitel. In Regen und Frost stand er vor den Fenstern seiner unglücklichen Neigung, die ihn von sich wies und den ganzen Herbst und Winter mit ihm nicht gesprochen hatte. Dabei versagte er sich das Notwendigste. Er schien verhungern zu wollen. Da ihn aber die Langsamkeit dieser Todesart peinigte, so wählte er eine schnellere. Nur darum handelte es sich noch bei ihm, wie er vor den Augen Wallys sterben sollte.

Es war an demselben Tage, wo Cäsar mit dem Gesandten gesprochen hatte, als sich in der Nachtdämmerung eine blasse Gestalt von ihrem Lager erhob, nach einem Pistol griff und sich an den erleuchteten Häusern der Pariser Straßen dicht unter den ersten Stockwerken entlangschlich. Es war ein wenig Schnee gefallen. Die Straßen waren leer, oder doch hatte alles, was auf ihnen war, Eile, sie wieder zu verlassen. Nirgends brannten Laternen. Der Kalender hatte Mondschein.

Jeronimo stand endlich vor dem Hotel seines Bruders. Man sah es, daß dieses Haus kein Sitz der Freude war. Nur hie und da war ein Fenster erleuchtet. Jeronimo spähte nach dem, welches zu Wallys Schlafkabinett gehörte. Er sah es, doch war es noch finster. Wally mußte aus dem Theater schon zurück sein. Einige falsche Akkorde auf dem Klavier drangen zu dem Ohr des Unglücklichen. Jeden andern, dessen Geist nicht schon in wahnsinnige Erstarrung übergegangen war, hätten diese Töne dem Leben wiedergegeben. Jeronimo hatte keine Empfindung als für das, welches mit seinem Tode und einer Art von Rache zusammenhing. Er tat nichts, als den Hahn seines Pistols zurücklegen.

Jetzt schwiegen die Töne, welche nur in einem Anfalle von Zerstreuung und zufälliger Leere des Bewußtseins angeschlagen schienen. Das

Schlafkabinett Wallys erhellte sich. Jeronimo zitterte, denn nah erkannte er zwei Gestalten, welche an den Gardinen des Fensters zuweilen wegrauschten. Bald war es nur noch dieselbe, die zuweilen wiederkehrte. Es mußte Wally sein.

Jeronimo wollte nicht anders, als *sie* im Auge haben. Der Zufall war grausam genug, hier alles zu erleichtern. Vom Vorsprung des Parterrefensters war er bald auf das eiserne Gerüst einer Laterne. Die Einschnitte an der Wand des Hauses unterstützten ihn. Er schwang sich auf, griff mit zuckender Hand an das Fenster und faßte so viel vom Holze, daß er bequem aufgerichtet einige Minuten lang stehen konnte; er stand noch länger; denn in so fürchterlichen Augenblicken ermüdet der Körper nicht und kann das Unglaubliche leisten.

Wally blieb drinnen an einen Pfeiler ihres Bettes gelehnt. Sie war noch nicht ganz entkleidet; nur was an Schnüren und Bändern ihre Kleider zusammenhielt, das war gelöst und machte, daß sie in einer malerischen, die Sinne verlockenden Situation dastand. Sie war sehr indifferent in ihrem Gemüte, wie es schien, und griff nach einem Buche, nach einem deutschen Buche, um sich in Paris einzuschläfern. Da störte sie ein Geräusch am Fenster. Sie sieht auf und erblickte durch die angelaufenen Scheiben die ganz undeutlichen Umrisse einer menschlichen Gestalt. Sie eilt hinzu, wischt so viel von dem Tau des Fensters ab, um ein gräßlich verzerrtes Antlitz wahrzunehmen, das im Nu beim Knall eines Pistols zerschmettert ist. Sie stößt einen entsetzlichen Schrei aus: der Schuß machte das Haus lebendig. Man eilt von allen Seiten herbei, dringt in Wallys Zimmer; denn hier hatte man den Schuß gehört. Man tritt in das Kabinett und findet Wally bewußtlos am Boden liegen. Die Scheiben sind zerschmettert, und blutige Teile eines zersprungenen Schädels liegen auf dem Fußboden.

Wally hatte sich bald erholt. Sie besann sich auf alles; sie hatte Jeronimo in dem Augenblicke, als das Pistol blitzte, erkannt; niemand zögerte, ihre Vermutung zu bestätigen, als man den hinuntergestürzten Leichnam besichtigte und dem Bruder des Gesandten in ein Antlitz leuchtete, das nicht mehr da war. Aber welch ein tiefer Abgrund ist das weibliche Herz! Wally tobte wie eine Bacchantin. Sie lief, sie schrie, sie riß die Zimmer ihres Gatten auf, der nirgends zu finden war. Sie verbot unter jeder Bedingung, den entsetzlichen Leichnam in das Haus zu tragen. Wäre Jeronimo nicht tot gewesen, jetzt hätte sie ihn umbringen können. Sie rief nach Cäsar. Bedienten eilten fort; man traf ihn nicht. Sie schickte zwei-, dreimal. Zuletzt ließ sie ihm sagen, daß er am folgenden Morgen um sechs Uhr reisefertig in ihrem Hotel eintreffen sollte.

Hier war kein Besinnen, kein Abraten mehr möglich. Alles mußte Hand anlegen, um ihre Sachen zu ordnen und das Nötigste auf den Reisewagen zu packen, der unter den Torweg gezogen wurde. Die Post wurde zur Minute bestellt. Wally war wie verzaubert. Sie befahl, majestätisch, kalt, nordisch, wie eine Alleinherrscherin Moskoviens. Bis tief in die Nacht war sie mit diesen Zurüstungen beschäftigt.

Sie hatte in halbem Schlummer gelegen, als sie in der Frühe aufwachte. Das blutige Ereignis hatte sie vergessen; nur ihr Entschluß beschäftigte sie. Cäsar erschien, ganz verstört. Sie blickte ihn forschend an, sie befahl. Er begriff nichts, er frug nicht, er folgte willenlos. Unten im Torweg war alles noch um den Wagen beschäftigt, sie zitterte vor Ärger, daß hier noch nicht alles beendigt war. Sie dachte gar nicht daran, bei Menschen, welche sie nie wiedersehen wollte, einen angenehmen Eindruck zu hinterlassen. Cäsars Blick fiel auf eine Blutspur, die von außen sich in den Torweg und wieder hinauszog. Er wagte nicht zu fragen, so erschreckte ihn dies. Wally schien alles zu wissen, und wie leichtsinnig trat sie über das kaum getrocknete Blut, das hie und da mit zersplitterten Knochen vermischt war!

Erst als sie beide im Wagen saßen und die Barrièren von Paris im Rücken hatten, teilte ihm Wally das Geschehene mit. Cäsar schauderte.

86

Drittes Buch

Wallys Tagebuch

Es ist zu spät, das Leben ihres Bluts
Ist tödlich angesteckt, und ihr Gehirn,
Der Seele zartes Wohnhaus, wie sie lehren,
Sagt uns durch seine eitlen Grübeleien
Das Ende ihrer Sterblichkeit vorher.

Shakespeare

Die Einsamkeit meiner jetzigen Lebensweise zwingt mich, den Kreis, in welchem ich mich bewege, nun doch auch in allen seinen Teilen auszufüllen. Wie beglückt mich Cäsars Liebe! Ich will aber nicht ungerecht sein gegen die Außenwelt und mich wenigstens schriftlich mit ihr beschäftigen, soweit sie ein Recht dazu hat. Viele verdienen es, daß ich auf sie achte: nicht alle. Cäsar sagt mir, ich wäre egoistisch gegen die Welt, er nennt mich sogar grausam. Er meint es gewiß damit aufrichtig. Ich will mich auch mit den andern beschäftigen; aber schriftlich: täglich will ich drei Vormittagsstunden darauf verwenden. Täglich –

Ob ich das Vorige ausstreiche? Fünfmal hab' ich gegen meinen Vorsatz gesündigt, und multipliziere ich die drei vergessenen Stunden mit den fünf vergessenen Tagen, so tat ich's fünfzehnmal. Ich schreibe ungern, denn ich denke viel schneller, als mein bleierner Stil folgen kann. Cäsar sagte mir, man müsse die Menschen in ihrem ganzen Wesen anatomieren. Dadurch lerne man und vergnüge sich. Cäsar hat immer recht.

Ich will einige meiner alten Freundinnen zu schildern suchen. Ich vernachlässige alle; wenn ich sie sehe, zeig' ich ihnen, was ich von ihnen schrieb und daß ich sie doch liebe. Ich will Delphinen charakterisieren, sie ist so verschieden von mir.

Delphine gefällt, ohne schön zu sein. Man kann ihr nicht einmal einen ausgezeichneten Wuchs zugestehen, nur ihre Haltung, ihr schwebender Gang kann den Mann veranlassen, auf sie zu achten. Sie trägt sich mit erstaunenswerter Einfachheit. Ihr Haar ist gescheitelt; ein weißer Kantenstrich, wie man ihn unter Hüten trägt, hebt diese Einfachheit zu dem lieblichsten Eindruck. Weiß und hellblau stehen ihr gut;

eine rote Schleife auf der Brust gibt dieser Monotonie der Toilette eine lachende Auffrischung. Delphine hat einen kleinen Fuß. Sie geht sehr schön. Das will viel sagen! Das Blaue in Delphinens Auge ist nicht rein, es ist mit zu viel Weiß gemischt. Für die Augenbrauen ist eine schöne Wölbung da; aber sie ist nicht stark aufgetragen; dieser Reiz verschwindet. Sie hat einige hübsche Gewohnheiten. So faßt sie z.B. oft mit der linken Hand in die Gegend der Stirn, öffnet sie, schließt mit dem Daumen und dem Zeigefinger einen Kreis und beginnt diesen Kreis allmählich zu öffnen, indem sie aus der Tränendrüse des linken Auges zurückfährt, das ganze Auge umkreist und die Öffnung der beiden Finger wieder schließt am Ende des Auges. Diese sonderbare Bewegung erfolgt mit Blitzesschnelle und ist deshalb so hinreißend, weil sie immer mit einer Erregung ihrer Seele zusammenhängt. Der größte Zauber in Delphinens Erscheinung kömmt aber von ihrer eigentümlichen Seelenstimmung her. Diese muß man, um kurz zu sein, sentimental nennen; obschon der Ausdruck sie nicht ganz erschöpft. Besser würde man sagen, sie ist musikalisch gestimmt. Denn Musik drückt ihr ganzes Wesen aus: und zwar nach jener einseitigen Richtung hin, wo die Musik nur Wollust der Empfindung ist. Für plastische Gestaltenschöpfung in der Musik, soweit die Musik diese erreichen kann, für Opern im französischen Geschmack, kurz, für das Dramatische in der Musik ist sie nicht. Die Richtung ihrer Seele ist lyrisch. Alles, was sie mit einem wunderlieblichen Organe spricht, nimmt den Ausdruck des Zarten, Schonenden und Bittenden an. Bittend sind die meisten Töne ihres Lautregisters. Nichts kann hinreißender sein als dies flehende, mit einer gewissen lächelnden und doch schmerzlichen Selbstironie hervorgebrachte: »O Gott!«, womit sie so vieles begleitet, was sie spricht. »O Gott!« Dieser Ausdruck soll ihr ewiges Überwundensein, ihre Hingebung an die Menschheit, an die sie glaubt, ausdrücken. Wer könnte widerstehen, wo solche Töne anschlagen! Delphine ist so willenlos, daß sie die Beute jeder prononcierten Absicht wird. Mit liebenswürdiger Naivetät gestand sie mir einst: Sie würde jeden lieben, der sie liebt. Oh, wie nötig ist es, bei einer solchen Willensschwäche, daß sie in die Hut eines Mannes kömmt, der so viel geistiges Leben besitzt, um sie ganz durchströmen zu können mit seiner eignen Willenskraft! Delphine liebte unglücklich, mehrmals; aber sie ist so unentweiht, ihre früheren Zärtlichkeiten sind so wenig sichtbar in ihrem Benehmen, daß sie dem Manne immer noch als kaum erschlossene Knospe erscheinen muß. Delphine besitzt äußerlich die Reize nicht, einen Mann auf die Länge zu fesseln, aber wer sie einmal, sei es aus Liebe oder Illusion, eroberte, der wird sie nie verlassen können, weil ihre Hülflosigkeit, ihre Hingebung entwaffnet. Vielleicht arbeitet sie noch mehr an ihrem Geiste. Sie hält einige Minuten lang die Dialektik eines bloß verständigen logischen Gesprächs aus; aber dann kann sie es nur fortsetzen, wenn es entweder auf einen gemütlichen und Gefühlston übergeht oder auf einen bestimmten vorliegenden Fall, den sie erlebt hat. Über einen Fall, den man ihr bloß erzählt, kann sie nicht urteilen, weil sie alle Menschen für gut hält und alle nach sich selbst richtet. Delphine sollte viel lesen. Sie liest, aber fragmentarisch. Sie ist reich, sie sollte sich durch vielfache Lektüre darin zu bilden suchen, was über die Musik und das bloße Gefühl hinausliegt. Ihr Organ macht, daß sie schön, ihre keusche Seele, daß sie fast alles richtig liest. Ich hörte sie Gretchen im »Faust« lesen, so wahr und hold, wie es der Peche in Wien und Höffert in Braunschweig kaum gelingen möchte. Cäsar muß ihr Bücher geben. Was er wohl über sie urteilt! Er ist ihr diametral entgegengesetzt und sagte mir doch einmal: er müsse jede lieben, die ihn liebe, und würde auch jeder treu sein in seiner Art. Bei ihm ist das Egoismus, bei Delphinen Schwäche. Sie können sich aber nicht begegnen. Delphine ist eine Jüdin.

Ich habe das gestern nur so hingeworfen, daß Delphine eine Jüdin ist. Aber welche eigentümliche Richtung mußte dies ihrem Wesen geben! Sie wurde unter sehr glänzenden Verhältnissen erzogen. Das Judentum in seinem Schmutz, mit seinen Zeremonien und Priestern nahte sich ihr niemals. Sie findet keine Reue darin, irgendeines der jüdischen Gebote zu übertreten, von welchen sie den größten Teil gar nicht kannte. Wie originell ist doch ein Mädchen, das den ganzen Bildungsgang christlicher Ideen nicht durchmachte und doch auf einer Stufe steht, welche ganz Gefühl ist, und das so viel Liebenswürdigkeit entwickelt! Delphine kann von der Religion nur wenige Nachrichten haben, einen weiblichen Gottesdienst gibt es in ihrem Glauben nicht, eine häusliche Verehrung kömmt in Form von Zeremonien, Gesang oder sonst einer Weise nicht vor, die Konfirmation ist unter uns den Juden nicht erlaubt – wie auffallend ist dies alles, und doch hat man es dicht neben sich!

Glücklich ist Delphine zu nennen, denn niemals wird ihr die Religion irgendeine Ängstlichkeit verursachen. Ein gewisses unbestimmtes Dämmern des Gefühls muß für sie schon hinreichend sein, die Nähe des Himmels zu spüren. Sie braucht jene Stufenleiter von positiven Lehren und historischen Tatsachen nicht, die die Christin erst erklimmen muß, um eine Einsicht in das Wesen der Religion zu bekommen. Wir sind weit schwieriger in diesem Betracht gestellt und sollten im Grunde, wenn die Religion die Tugend befördert, weit weniger tugendhaft als die Juden sein; denn unsere Religion ist ein so hoher Münster, daß man ihn zwar ersteigen, aber nicht zu jedem Sims, zu jedem Vorsprunge, zu jedem Seitenturme gelangen kann. Eins aber bemerk' ich, was charakteristisch ist. Niemals könnt' ich als Christin über meine Religion zu Delphinen sprechen und sie eine Verzweiflung über meinen Glauben blicken lassen. Es ist dies eine Scham und ein Stolz, welcher unvertilgbar in uns niedergelegt ist und die uns nicht verlassen würde, selbst wenn vom Christentum alles in uns morsch geworden ist.

Für christliche Männer, welche widerspenstig gegen den Katechismus sind, muß die Liebe einer Jüdin von besonderm Reize sein. Sie nehmen hier weder Bigottismus noch eine Zerrissenheit wie die meinige in den Kauf, sondern weiden sich an der reinen, ungetrübten, natürlichen Weiblichkeit, an einem sinnlichen Schmelz der Liebe, welcher die der Christinnen bei weitem übertreffen soll. Bei einer Jüdin reduziert sich alles einseitig auf ihre Liebe, Rücksichten tauchen nirgends auf: ihre Liebe ist ganz pflanzenartiger Natur, orientalisch, wie eingeschlossen in das Treibhaus eines Harems, der alles erlaubt, jedes Spiel, jede weibliche (aber wollüstig-ergreifende) Gedankenlosigkeit, alles, alles: darum schwillt Delphine von Liebe. Das Segel ihres Herzens ist niemals schlaff, sondern immer aufgebläht, rund und voll, immer auf rauschender Fahrt.

Cäsar entdeckt, glaub' ich, in der Liebe zu Jüdinnen noch einen andern Reiz. Er hat eine ganz heillose Ansicht von der Ehe und will die letztere durchaus nicht als ein Institut der Kirche gelten lassen. Das Sakrament der Ehe ist nach seiner Theorie die Liebe, nicht des Priesters Segen. Wie glücklich würde Cäsar sein, wenn er je heiratete, es ohne kirchliche Zeremonie tun zu dürfen!

Eine Ehe zwischen einer Jüdin und einem Christen kann zwar nicht bei uns, aber in andern Ländern geschlossen werden; natürlich ist dies eine Ehe ohne den christlichen oder jüdischen Priester; es ist eine rein zivile Ehe vor den Gerichten, ein Akt der geselligen Übereinkunft. Ich glaube fast, Cäsar könnte deshalb seine Neigung zu Delphinen ins Äußerste treiben. Schon bemerk' ich, wie eifrig er sie sucht.

Wie leichtsinnig bin ich gestern über die Abgründe meines Denkens hingewandelt! Ohne weiteres konnt' ich mich damit beruhigen, diese Zweifel an meinem Glauben hinzunehmen als etwas, das ich mir längst selbst gestanden habe, und doch weiß ich aus meinem frühern Leben, wie unglücklich ich war, daß ich über diese Dinge nichts zu denken wagte. Oh, wie mächtig ist der Liebe Zauber! Ein männliches Herz, das uns liebt, ist der Wächter aller unsrer Gedanken und muß die stille Verantwortung dessen tragen, was in der Seele des Weibes Sünde und Empörung ist. Wie sicher fühl' ich mich, selbst im Entsetzlichsten, wenn ich nur die warme Hand meines Freundes drücken darf! Er nimmt alles auf sich: er ist heiter und lächelt und fürchtet nichts.

Wenn ich jetzt schon nicht ohne Zagen sehe, wie Cäsar sich Delphinen immer mehr nähert, wenn ich mir die grausame Wirkung denke, die ein Verhältnis zwischen beiden in mir Unglückseligen hervorbrächte: was muß dann kommen, wenn ich die Trümmer sehe, welche sich in meiner Seele aufgehäuft haben! Die Unruhe, über die Religion eine Ansicht zu haben, peinigt mich mehr als sonst. Sie hat eine solche, jetzt zur Not gedämmte Gewalt über mich, daß ich glauben muß, die Wegnahme dieses Dammes der Liebe bringt eine Überflutung in mir hervor, welche selbst den Schmerz über Cäsars Verlust mit fortschwemmt. Ich lebe und sterbe mit Cäsar. Leben kann ich nur mit Cäsars Liebe. Sterben muß ich, nicht weil Cäsar imstande war, eine andre mir, ein Mädchen einer Frau (ob er es wohl weiß, eine Unberührte einer Unberührten) vorzuziehen, sondern weil dann alles in mir zusammensinkt. Gott, ich glaube, fast brauch' ich Cäsar nur, um mich zu beschäftigen und meinen Gedanken eine unschädliche Richtung zu geben. Er kömmt.

92

Nur die Erkenntnis ist das Schwere. Das Dasein Gottes selbst bezweifeln hieße den gegenwärtigen Zustand meines Innern fortleugnen. Würd' ich diese Mühe haben, wenn es nicht in Wahrheit einen Gott gäbe! Das Resultat des Atheismus war auch nie ein andres, als daß er in ein System überging und zuletzt selbst eine Religion wurde. Konnt' es abergläubigere und bigottere Atheisten geben, als Chaumette, Anacharsis Cloots und Momoro waren!

Der Atheismus eine Religion! Eine Ironie, die man satanisch nennen möchte! In einer Reisebeschreibung las ich, daß einer der ersten Gottesleugner der Revolution, Billaud-Varennes, nachdem er auf seiner Flucht erst von der Dressur azorischer Papageien gelebt hatte, dann in Amerika Priester wurde, unter Indianer kam und zuletzt von ihnen als göttliches Wesen verehrt wurde, er, der Gott geleugnet hatte!

Diese satanischen Ironien reizen mich. Sollte es möglich sein, daß es noch einst im Himmel einen Gottesdienst gibt! Das Christentum (man lese nur die Offenbarung Johannis) gefällt sich in diesem lächerlichen Widerspruch, als wenn Gott vor sich selber Weihrauch streuen müsse. Er etabliert im Himmel eine vollendete Kirche mit Chören der Seligen und Altären, auf welchen die Cherubim thronen. Goethe benutzte diese Maschinerie für die Kanonisierung seines Faust.

Aber was jag' ich nach solchen Bemerkungen! Sie haben freilich lindernde Kraft, aber ich schäme mich, aus meinem Schmerze Tatsachen heraufzuwühlen und mich selbst als einen Gegenstand meiner Leiden zu betrachten.

Wir sollen Gott fürchten und lieben! Dies eine Gebot untergräbt meine Ruhe; denn ich kann es weder befolgen noch mich anklagen deshalb, weil ich es nicht tue. Wir sollen Gott zürnen, heißt das Gebot meiner Weltansicht, welche eine unglückliche ist und freilich sich nicht damit zufriedengibt, daß jährlich vier Jahreszeiten kommen und man im Frühjahr Erdbeeren ißt, welche mit Zucker und Milch ein so vortreffliches Surrogat der Vanille sind. Es ist im Grunde nicht viel, was wir besitzen auf Erden. Wir werden geboren oft in den elendesten Verhältnissen. Wir kriechen tierisch auf dem Boden und werden nur allmählich aufgerichtet, wie Schlinggewächs an das Spalier der Bildung. Not, Mühsal verfolgt uns überall; selten ein Genuß, der nicht durch eine Anstrengung erkauft ist. Wir haben so viel mit der Materie zu kämpfen. Wir wälzen einen Stein wie Sisyphus den Berg hinauf; warum müssen wir es tun? Der Fluch, nicht der Segen der Götter begleitet uns. Warum sind wir? Oh, könnt' ich mir irgendeinen erweislichen Grund vorstellen, warum diese Planeten im Weltsysteme irren, warum wir auf unserm Planeten so armselig und hülflos kriechen müssen? Was bezweckte Gott damit? War dies eine Grille von ihm? Was kömmt darauf an, ob das Gute oder Böse in der Weltordnung produziert wird? Ich bin so unglücklich. Ich weiß hierauf keine Antwort.

Die Fähigkeit, Fragen aufzuwerfen, ließ Gott bei der Schöpfung oder bei der ewigen Schöpfung, bei unsrer Geburt, ohne die entsprechende Fähigkeit, auch Antwort darauf zu geben. Diese Halbheit einer Gabe ist so feindselig. Gott duldete es, daß der Glaube an ihn die Tagesordnung der Geschichte wurde; er duldete es, daß noch heute der Atheismus wie das größte Verbrechen von den Völkern behandelt wird. Nun, ich denke an Gott; aber warum gab er uns nicht die Fähigkeit, ihn begreifen zu können? Verlangt er die Folgen, warum ließ er mich ohne die Voraussetzungen? Alle Nationen kommen darin überein, daß man von Gott nichts wissen könne. Dann weiß ich auch nicht, warum sie an ihn glauben. Oder es darf mich niemand tadeln, wenn ich denke, die Existenz Gottes anzunehmen war eine ganz äußerliche, politische und polizeiliche Übereinkunft der Völker. Denn warum haben wir halbe Vernunft, halbe Erkenntnis, halben Geist? Warum zu allem nur die Elemente? Und wir sind so vermessen und bauen auf diesen trüben Boden Systeme, welche den Schein der Vollendung tragen und uns mit Verpflichtungen willkürlich belasten!

Und zuletzt der Tod! Dieser Schrecken des Tods! Die Krankheit mit ihrer unsäglichen Hülflosigkeit! Das allmähliche Verschwinden des Bewußtseins! Und dies alles nicht einmal so entsetzlich als das Zunehmen an Jahren. Jetzt bin ich zwanzig Jahre: welche Empfindungen werd' ich haben, wenn ich vierzig, fünfzig bin und es nun heißt: noch zehn, noch fünf sind die Wahrscheinlichkeit! Dies ist eine so folternde Grausamkeit des Schicksals, ein solcher Fluch der menschlichen Natur, daß ich mich nie entschließen kann, das Gebot der Gottesliebe zu befolgen. Man gab uns einiges, und das meiste wurde uns versagt. Das einzige, was wir in seiner ganzen Vollkommenheit zu besitzen scheinen, ist die Fähigkeit, unsern unglücklichen Zustand zu begreifen und alle die Dinge zu nennen, welche wir vermissen sollen.

Ich habe mir ein merkwürdiges Buch verschafft, von dem ich einmal durch Cäsar hörte: die »Fragmente des Wolfenbüttler Ungenannten«, welche *Lessing* herausgegeben hat. Es liegt viel Puderstaub auf dem Buche, viel altfränkisches Wesen; aber das hab' ich abgewischt und mir von meiner Lektüre eine ganz moderne Vorstellung gemacht. Der Verfasser soll ein ehemaliger Hamburger Arzt, *Reimarus*, gewesen sein. Die vollständige Prüfung des Christentums steht in einem Glasschranke auf der Hamburger Bibliothek. Sie wollen das Buch nicht herausgeben.

Sie fürchten, daß aus dem vergilbten Papiere jener Kritik Motten fliegen, die das Christentum selbst anfressen. Warum Lessing nur sagt, daß der Verfasser jener Fragmente *Schmidt* heiße!

Die »Fragmente« nehmen meine ganze Aufmerksamkeit in Anspruch. Ihr nüchterner, leidenschaftsloser Ton erschreckt das Gewissen nicht. Ich lese in der besten Laune. Wie der Autor die Bibel zerfleischt, wie er in den glattgescheitelten Mienen jener Fischer und Zöllner, welche das Christentum predigten, den Schalk entdeckt, denselben Schalk, den der gottselige Pietismus so oft im Nacken führt! Und doch jammert mich's jener kindlichen, märchenhaften Sage, die der Autor mit so vieler Gelehrsamkeit vernichtet! Nur eines bestimmt mich, ihm beizupflichten, der Hinblick auf das, was uns umgibt, auf unsre Priester, auf – ach! wie hängt das alles zusammen! Aus jenem kleinen christlichen Senfkorn ist ein ganzes Senfpflaster geworden, das der gesunden Vernunft die brennendsten Blasen zieht!
Ganz männlich werden meine Ausdrücke!

Und doch können die »Fragmente« nicht befriedigen. Sie deuten auf eine Naturreligion, mit deren Voraussetzungen sich die heutige wissenschaftliche Bildung kaum noch begnügen würde. Die Frage muß höher liegen. Sie dringt dort nicht in das Innre der Christuslehre ein, sie hält sich nur an deren historische Offenbarung. Ich suche Trost. Wo? Wo?

Ich war gefaßt auf diese Eiseskälte, mit der mir Cäsar seinen Entschluß anzeigt. Was ich vermutete, ist eingetroffen. Delphinens Situation reizt ihn. Er wird um ihre Hand bitten. Die Eltern sind ohne Vorurteile, und ich werde ihn verloren haben. Ich bin ruhig. Ich habe keine Tränen für diesen Verlust. Ich bin in einer fürchterlichen Seelenstimmung. Ist dies nicht ein neuer Fluch des Himmels? Oh, jetzt sind mir die Blitze des Schicksals willkommen, denn die Donner, welche ihnen nachrollen, wecken mich immer mehr aus der dumpfen Betäubung meiner Gedanken. Ich muß Licht haben, Aufschluß, Einsicht! Ich denke an Cäsar nicht mehr. Ich will wissen, erkennen. Warum? Wozu? Oh, das sah' ich alles voraus.

Ich bin krank, ich fühl' es. Sollte das auf ein Zunehmen deuten? Ist auch im Geistigen wie im Körper Wachstum eine Krankheit?

Glückliche Naivetät der vergangenen Zeiten! Ich komme von einer Ausstellung alter Gemälde. Auf vielen, die Transfigurationen und Glorien der Heiligen vorstellen, sah' ich Engel, welche die Geige spielten. Dies würde mir weniger auffallend gewesen sein, wenn sie es nicht nach Noten getan hätten.

Und doch gleicht die Malerei selbst, die Kunst, diese Lächerlichkeit aus. Die Poesie würde es nicht können. Die Poesie hat diese Einfachheit nicht; sie würde solche Anomalien immer nur als Travestie geben.

Und wie entwürdigt sie sich, wenn sie es tut! Man sollte den Spott über das Heilige, das Wühlen der Mistkäfer in duftenden Blumen, bitter verfolgen, auch die Freigeister sollten es; sie, die alle Sorge tragen müssen, nicht mit den Spöttern verwechselt zu werden.

Es würde mir viel leichter werden, den göttlichen Begriffen mit Sicherheit nachzuhängen, wenn ich vom Nichts eine Vorstellung festhalten könnte. Aber dies ist unmöglich. Ich habe schon früh an dieser Verzweiflung gelitten. Ich wollte schon als Kind mir zuweilen alles wegdenken, was ich sahe und denken konnte, Europa, Asien, Afrika, die ganze Erde, den Himmel, alle Schöpfung, und dann war es immer, als stürzt' ich von einer unermeßlichen Höhe ins Leere hinunter und fiel ohne Aufenthalt. Fast möcht' ich sagen, ich bin seither mit Eindrücken beladener, und es würde mir schwieriger sein als ehemals, eine solche Vorstellung des Nichts zu fixieren. Ach das hohle, weite Chaos, diese dumpfe Leere, worin das Nichts unsichtbar schlummert! Und Gott, der dieses Nichts selbst ist, nämlich dasselbe Nichts, das später doch ein Etwas wurde! Gott, der in dem Nichts ist und doch wiederum auch in dem Etwas nicht sein soll, weil dies die Welt selbst vergöttern heißen würde! Der pantheistische Gedanke widerstrebt mir, und ich glaube, Frauen werden ihn niemals hegen können, weil sie durch sich selbst schon gewohnt sind, alle Dinge in aktive und passive einzuteilen. Wir werden immer anthropomorphische Ideen haben; das Christentum unterstützt uns darin. Die Vorstellung eines über uns thronenden Werkmeisters ist ein Bedürfnis, das unsere Phantasie immer geltend machen wird. Jedes andre, ach, alles, alles ist uns verschlossen.

Cäsar wird in Ländern wohnen, wo das französische Recht herrscht. Er ist glücklich, sich ohne die Kirche verheiraten zu dürfen. Eine bürgerliche Verbindung wird zwischen ihm und Delphinen stattfinden.

Wenn er nur meinen Zustand schonte! Aber er kennt ihn nicht. Wüßte er, wie mich seine leichte Manier über die Religion so tief verwundet! Das Peinlichste ist dies, daß er sich öfter das Ansehen gibt, als ließen sich einige Wahrheiten sogar im christlichen Glauben unumstößlich beweisen. Dann tut er's und beginnt über die schwierigsten Punkte Entwickelungen, welche er mit ernster Miene durchführt und, wenn er zu Ende ist, für phantastischen Witz erklärt. So begann er neulich folgende Auseinandersetzung der christlichen Lehre von der Dreieinigkeit, eines Begriffes, den ich noch gar nicht anrührte, weil ich mit seinen Prämissen noch nicht im reinen bin. Er sagte: Die bloße Vaterschaft Gottes ist relativ, sie ist unerkennbar oder, wie Jakob Böhme gesagt hat, ein dunkles Tal. Licht und Erkenntnis kömmt erst durch den Sohn. Beide dürfen nicht isoliert gedacht werden, ihre Ergänzung, ihre Wechselseitigkeit ist der Heilige Geist. Gott als das bloße Alles oder das bloße Nichts ist unerkennbar. Gott muß sich etwas gegenüberstellen, einen Schatten seiner selbst, er mußte sich negieren aus seiner Ruhe heraus und schuf die Natur. Die Natur ist nicht Gott, denn dann müßte die Natur ein Zustand sein. Nein, die Natur ist eine Tätigkeit Gottes, und alles in Gott Tätige, auf die Außenwelt Bezügliche, ist in ihm das Englische. Die Engel sind die Herolde des göttlichen Willens, und ihre Zahl ist so unendlich, wie, fast möchte man sagen, die Atome der Welt. Die Engel wohnten ursprünglich in Gott; denn seine Tätigkeit ist seinem Sein immanent. Darum mußten die Engel auch gut sein ursprünglich. Luzifer aber empört sich, Luzifer, der Lichtbringer, der die Finsternis erhellt. Dies Empören ist eine Tätigkeit Gottes, das heißt Gott wird das Gegenteil seiner selbst, Gott wird Satan. Ja, die Natur ist Teufel, dieselbe Natur, welche für Gott durchaus nicht vorhanden ist, da sie nur sein Atem ist. Die Natur vor Gott ist so, als wäre sie nicht. Vor Gott gibt es auch einen Teufel, als gäb' es ihn nicht. Je höher bei dem einen oder andern das philosophische Bewußtsein ist, desto weniger existiert für ihn auch der Teufel. Im Christentum ist der Teufel *ideell* gänzlich ausgetrieben, denn Gott sonderte die menschliche Individualität von der Natur ab und gab dieser in seinem Sohne eine eigne Offenbarung. Gott wollte den Widerspruch seiner selbst durch sich selbst strafen und an sich seinen eigenen Prozeß büßen lassen. Er wurde gekreuzigt, und es herrscht hinfort nicht mehr Gott, nicht mehr Satan, nicht mehr der Mensch, nicht mehr die Natur, sondern das Reich des Geistes, der Freiheit und der Wahrheit.

Was hatt' ich nun von dieser Improvisation! Mit einer Art von komischem Atheismus schloß Cäsar seine mystische Deduktion, welche Menschen von größerer Einbildungskraft, als ich besitze, viel Beruhigung gewähren mag. Ich soll schon an den Sohn glauben und bin noch mit dem Vater unbekannt.

Ich habe mich drei Wochen lang täglich in Vergnügungen berauscht. Ich mußte der Welt zeigen, daß ich Cäsars Entfernung ertragen kann, ich mußte es mir selbst zeigen. Aber es erquickt mich nichts mehr. Cäsars Liebe war die schönste Zerstreuung meiner unglücklichen Seelenstimmung. Ich sinke immer tiefer in Nacht und Verzweiflung. Man erkennt mich nicht wieder. Oft bin ich so von Wehmut aufgelöst, daß ich in die Kammer stürze, wo die Erinnerungen meiner ersten Kindheit aufbewahrt liegen. Ich räumte auf in der Verwirrung, um mich zu zerstreuen. Ein Stilett fiel mir in die Hand. Wie mag das hierhergekommen sein?

Ich glaube, Cäsar müßte sich schämen, noch zu leben, wenn er keine Auskunft geben kann. Seine Scherze verdecken nur eine Überzeugung, die vielleicht folgerichtig ist. Ich habe ihm geschrieben, sie auch mir zu geben. In Heidelberg muß ihn mein Brief treffen; er wird sich sogleich hinsetzen, um mir, ich hab' ihm die Hand aufs Herz gelegt und ihn feierlichst beschworen, seine ernsthafte Meinung über Religion und Christentum zu sagen. Ich zittre, wenn seine Darstellung einläuft.

Das Stilett gehörte meinem Bruder, der in demselben Alter gestorben ist, in welchem ich mich jetzt befinde.

Cäsar sagte mir oft, als Kind hab' er sich fortwährend damit geängstigt, daß er keines natürlichen Todes sterben würde. Die Katastrophe des jungen Sand hätte zu seiner Zeit alle jungen Köpfe auf den Gedanken gebracht, daß sie ihnen auch einst abgeschlagen würden. Keiner, sagte er, glaubte so würdig zu sein wie Sand, und keiner glaubte deshalb auch, auf einen milderen Tod rechnen zu dürfen als Sand. Er gestand mir mit eisigem Grauen, daß er oft stundenlang heimlich mit entblößtem Halse gesessen und sich in die Illusion des Schafotts hineingedacht habe, daß ihm die Tränen geflossen seien aus Verzweiflung, so sterben zu müssen. Es war immer ein wehmütiges, liebes Lächeln, das bei solchen Geständnissen auf seinen Lippen lag. O Gott! ich vergess' ihn nicht. Für alles brauch' ich ihn. Er soll mir zu allem Beweise geben!

Ich lese das Buch »Rahel«, aber nur in Bruchstücken. Viel davon auf einmal verwirrt den Kopf; nicht deshalb, weil das Buch absolut schwer wäre, sondern relativ schwer ist es in Beziehung auf Rahel, die sich das Denken so schwer machte. Ich glaube, daß diese Frau unter Denken verstanden hat, die Dinge immer von der verkehrten Seite anfassen oder doch von der entgegengesetzten gegenüber dem gewöhnlichen Wege. Sie gräbt sich wie ein Maulwurf in die Ideen ein und bezeichnet dann und wann ihre Resultate durch kleine aufgeworfene Hügel, die nichts sagen, nämlich nichts Positives, die nur Wahrzeichen sind, daß hier etwas war, was wie ein Gedanke war und was so leicht wieder vergessen ist! Wie reich ist diese Frau an Philosophie und objektiver Vergeßlichkeit! Man hat so wenig in ihrem Buche, und doch glaubt man, wenn man es zuschlägt, alles zu haben. Darin seh' ich recht, wie nur die Männer imstande sind, zu produzieren, auch Gedanken.

Bettina!- Spielerei – alte Gedanken; nur klassische, neue Formen. So sprechen, gehen, laufen, essen, trinken, schlafen, handeln – wie es einem gerad' einfällt? Ich konnt' es einmal; jetzt nicht mehr. Bettina hatte so lange freien Willen, sich ein Gesetz zu schaffen; und nun so alt und noch immer kein Gesetz! Ihr Buch ist ungereimte Poesie. Ein freies Weib ist nur erträglich mit Spekulation.

Wieder wie Jakob einen Zug aus dem Rahelbrunnen getan. Aber es ist immer nur Lea, die man erhält, niemals Rahel. Rahel sitzt hinter den zweimal sieben Jahren und flicht ihren Freiern Körbe. Man glaubt eine Priesterin mit Weissagung in ihr zu finden und wird doch von ihr nur angeregt oder vielmehr nur herausgerissen aus dem alten Kreise seiner Vorstellungen. Es ist furchterregend, eine Frau die Gegenstände so dämonisch-linkisch anfassen zu sehen. Will sie es nur anders machen als die andern? Oder wurde ihr diese Originalität angeboren? Sie gibt nirgends nach, sie ist rastlos in ihren Bestrebungen, die verschiedenen Seiten der Wahrheit zu entdecken, und konnte nicht anders enden als entweder in einem Wahnsinn, der sich mit der Bewegung im Tretrade vergleichen läßt, oder als Anhängerin des Pietismus. Man ist in keiner

Situation übertäubter als beim Untertauchen. Pietismus aber ist die Fähigkeit, leben zu können, selbst wenn man Wasser im Ohre hat.

Dieser ruhige, verständige Ton, in welchem ich mich oft tagelang erhalten kann, wird mir oft so unheimlich, daß ich vor mir selbst erschrecke. Sollte es Menschen geben können, die wie Vernünftige sprechen und doch wahnsinnig sind? Cäsar erzählte mir einst eine Geschichte, die er wahrscheinlich wie vieles dergleichen nur seiner Einbildungskraft verdankt. Sie paßt auf meinen Zustand. Kann ich sie noch?

Es war um die zwölfte Stunde, als Alfred von seinem Lager auffuhr und über das matte Flackern der Lampe erschrak, die er zu löschen vergessen hatte. Eine Zeitlang saß er mit halbaufgerichtetem Körper – –

Wörtlich seine Worte wiederzugeben ist schwer. Ich suche in meinen Papieren, vielleicht find' ich die Geschichte, die er mir einst, von seiner eigenen Hand geschrieben, schenkte.

Hier ist sie:

Es war um die zwölfte Stunde, als Alfred von seinem Lager auffuhr. Noch flackerte die Lampe, welche er zu löschen vergessen hatte, und zog, wie sie größer oder schwächer wurde, wolkige Kreise an den Wänden seines Zimmers. Eine Zeitlang saß er mit halbaufgerichtetem Körper im Bette und verfolgte dies gespenstische Spiel an den stummen Wänden. Er suchte nach einem Gegenstand für dies Bild: er mußte an die Welt denken, welche draußen schlummerte, und dachte zuerst an Julien.

»Meine Julie!« sprach er still vor sich hin und erhob sich dann etwas feierlich und mechanisch von seinem Bette. Er hörte die Uhr picken, die auf dem Tische vor dem Spiegel stand. Er sahe sich selbst im Spiegel mit bleichen, geisterhaften Zügen und mit Augen, welche wie geschlossen schienen. Dann saß er auf dem Sessel vorm Bett und hatte sich, ohne es zu wollen, angekleidet.

»Ich werde vor Juliens Fenster gehen und den Vorhang wegheben!« flüsterte er vor sich hin, aber nur wie zum Scherz, denn Julie wohnte im dritten Stock. Doch ging er.

Die Straßen waren still und öde. Man sieht auf ihnen niemand, auch Alfreden nicht. Wo geht er nur? Aber es ist dunkel, der Mond liegt hinter Wolken, man kann Alfred nicht sehen. Alfred stand vor dem

Hause Juliens, ja, er hätte schwören mögen, daß er vor ihrem Fenster stand, das im dritten Stocke lag.

»Es ist nicht möglich«, flüsterten seine Gedanken; »sie wohnt im dritten Stock; obschon ein kleines Vordach vor dem Fenster liegt, das Moos und Hauslauf anzusetzen pflegt. Die arme Julie! Ich werde fleißiger sein, sie muß künftig im zweiten Stock wohnen!«

Jetzt war es Alfred, als drückte er an dem Fenster; aber es widerstand. Es war ihm, als klopfte er; aber hinter dem weißen Rouleau brach sich der Schall. Er mußte lächeln über seine lebhafte Einbildungskraft.

»Wie!« dachte er, »wenn du ins Haus trittst, die zwei Stiegen hinaufschleichst und an ihre Kammertür pochtest.«

Aber dann mußte er durch des Nachbars Haus, das ihm offenzustehen schien, mußte über den Garten- und Hofzaun klettern und von dort einzudringen suchen.

Und das alles gelang vortrefflich. Er stand jetzt gleichsam höher als Juliens Wohnung war, was er sich nicht erklären konnte. Da blendete ihn ein Lichtstrahl; ein schnurrender Laut ließ sich hören. Julie hatte das Rouleau aufgezogen, sie stand im Nachthäubchen und mit bloßen Schultern am Fenster, das sie öffnete.

Alfred war nun dicht vor ihr. »Was ist ihr nur?« dachte er; »sie erschrickt, sie öffnet den Mund, als wollte sie um Hülfe rufen; was zitterst du, mich zu erkennen, Julie?«

»Alfred!« schrie es durch die stille Nachtluft. Alfred aber lag unten mit zerschmettertem Körper auf dem Pflaster der Straße. Alfred war ein Nachtwandler. Julie glaubte nichts gesehen zu haben, als Alfred tot war. Sie legte sich wieder in ihr weißes, weiches Bett und träumte von ihm. Am Morgen erfuhr sie alles. Sie lebt noch, aber kümmerlich; die Tränen zehren sie auf.

Cäsar hat noch immer nicht geschrieben; doch wird sein Brief desto ausführlicher sein. Einstweilen hab' ich etwas Beruhigung erhalten durch eine Maxime, die empfehlenswert ist. Das luftige Traumbild des Somnambulismus hat mich gestern darauf gebracht. Nämlich, man nehme einen recht hohen Standpunkt, einen kosmischen oder planetarischen, wie ich ihn nennen möchte. Man tue und lasse nichts, ohne sich im Zusammenhang der Weltordnung zu fühlen. Ich denke, wo ich gehe und stehe, an die Beziehungen der übrigen Himmelskörper zur Erde und abstrahiere von allem, was über diesem kleinen Erdball geschieht, auf das Universum, das niemand leugnen kann. Und nicht bloß im allgemeinen, sondern ganz im Detail, wie man ißt und schläft. Bei jedem Spaziergange richt' ich den Blick gen Himmel und forsche in dem blauen Meere nach den versunkenen Sternen, die die Nacht erst sichtbar macht. Ich fühle, wie die Erde unter meinen Füßen kreist und ich gleichsam nur auf ihr stationiert bin, sonst aber dem Allgemeinen angehöre. Wie vielen Stolz das gibt! Ich habe jetzt einen Begriff von der Ruhe des Weisen. Ihn kann nichts erschüttern, denn er hört die Planeten rauschen und fühlt sich als Glied einer großen Wesenkette. Oh, vielleicht ist noch Hülfe für mich! Ich fange an, mir die Möglichkeit einer zufriedenen Stimmung zu denken.

104

Jetzt weiß ich, wie in Indien die Bonzen ihre Büßungen möglich machen. Die Abstraktion hebt ihren Stolz; aber sie würden es nicht aushalten können, wenn nicht die Erde für sie gleichsam verschwände und sie nichts übrigbehielten als den gestirnten Himmel und das Gefühl der großen Wesenkette. Ich müßte in die Einsamkeit ziehen. Wenn mich nur eines nicht verfolgte! Nämlich die Natur und das Grün. Das Siderische und Tellurische im Menschen bekämpfen sich, und wer poetische Stimmungen hat, wird immer der Erde unterliegen. Das Meer, Gebirge und Ströme wirken noch immer siderisch auf uns; denn sie sind das Rückgrat und die großen Zellgewebe der Erde und veranschaulichen die Kugel. Aber das Peinigende ist die stille Nachbarschaft der Blume, die Bescheidenheit der Idylle, die kleine Existenz mit ihren Kornährenkränzen und Abendglocken und alles, was so nahe zu unserm Herzen spricht, die Offenbarung Gottes, die wir flüstern zu hören glauben, diese große Tatsache, die entweder Täuschung oder Wahrheit und in beiden Fällen unenthüllbar ist. Das Irdische faßt uns wie im Strudel und reißt uns hinunter in den bodenlosen Abgrund, von wo keine Wiederkunft.

Ich las nun alles, was ich schrieb, und zittre, daß ich kaum geschrieben habe, was ich wollte. Eines ist auch ganz unmöglich, geschrieben zu werden: die Verzweiflung und das Gräßliche. Nämlich jene grausamen, blutsaugenden Träume, die mich wachendes Auges überfallen und mich hinausstoßen in eine hohnlachende, von gräßlichen, unnennbaren Dingen drapierte Welt. Wie combinier' ich! Was für Dinge kommen mir vor die Augen! Ich zittre, während mein Puls ganz richtig und medizinisch schlägt. Muß ich sterben, was verbrach ich, daß mir Raben erscheinen müssen? Ich sehe eine schwarze Halle und einen weiten Sarg. Ein Rumpf fällt von der Decke, wo eine Öffnung, hinunter in den Sarg, und den nachstürzenden Kopf greift unser Arzt auf. Oben muß das Schafott sein. Der Mann drückt das blutige Haupt stürmisch auf den rauchenden Körper, paßt Fuge auf Fuge, Ader auf Ader und legt einen Silberreifen um die gierig zusammenklaffenden Fleischränder beider Teile. Er dreht sich um, und Leben, galvanisches Leben regt sich in dem Körper, und der Leichnam erhebt sich, ein blasser, schöner Jüngling, und schleicht zur Pforte hinaus. Dort, dort – eine grüne Flur – ein Mädchen, das Rosen bricht und im Schatten der Allee ausruht. Ein bleiches, gespenstisches Bild schleicht zu ihr heran, spricht nicht, sondern lächelt. Sie umarmt ihn, sie scherzt, sie lacht; er hat auf sich warten lassen, er sei untreu, er gehe zu Doris, er gehe zu Galathee, du Lieber! Und sie küßt seinen blassen Mund. – »Oh«, röchelt er, »drücke nicht!« Doch sie hört nicht, sie drückt, der Reifen springt – Herr Jesus, was geht mit mir vor! –

Hier brach Wallys Tagebuch auf längre Zeit ab. Sie bekam inzwischen das ihr von Cäsar versprochene Glaubensbekenntnis. Es war in das Tagebuch eingeheftet und lautete folgendermaßen.

Geständnisse über Religion und Christentum

Ich will über den Glauben der Völker sprechen. Aus dem melancholischen Schweigen des Heidelberger Schlosses hol' ich mir abendlich die Geheimnisse jener frommen Naturreligion, für die ich glühe. Alles Historische aber, was ich zu fixieren habe, knüpf' ich an jene kleine Her-berge jenseits des Neckar an, wo Luther auf der Reise nach Worms sein Frühstück zu berichtigen vergessen haben soll, ein Frühstück, das der Protestantismus dem Katholizismus so teuer hat bezahlen müssen.

Religion ist Verzweiflung am Weltzweck. Wüßte die Menschheit, wohin ihre Leiden und Freuden tendieren, wüßte sie ein sichtbares Ziel ihrer Anstrengungen, einen Erklärungsgrund für dies wirre Durcheinander der Interessen, für die Tapezierung des Firmaments, für die wechselnde Natur, für Frost, Hitze, Regen, Hagel, Blitz und Donner, sie würde an keinen Gott glauben. In progressiver Entwicklung folgt hieraus dreierlei: der natürliche Ursprung der Religion, die Accomodation der göttlichen Begriffe an den jedesmaligen Bildungsgrad und zuletzt die Unmöglichkeit historischer Religionen bei steigender Aufklärung.

Dem Begriffe Offenbarung läßt sich vielleicht eine philosophische Unterlage geben, pantheistischer Art; aber im herkömmlichen theologischen Sinne ist die Offenbarung eine Verfälschung der Natur und der Geschichte. Eine saubre Insinuation, sich Gott als Priester zu denken, der im schwarzen Talare zu dem ersten Menschenpaar hinzugetreten wäre und ihm Unterricht gegeben hätte in glaublichen und unglaublichen Dingen! Sie machen aus Gott einen Souverän, einen Patriarchen, einen Geistlichen. Sie lassen Gott in sehr unvollkommnen Sprachen reden, zu Zeiten, wo es an stilistischer Vollkommenheit noch überall fehlte. Niemand war in diesen anthropomorphistischen Konsequenzen einer supernaturellen Offenbarung kecker als die Apostel Jesu; denn: alle Schrift von Gott eingegeben heißt: in der Lehre von der Inspiration Gott zum Mitschuldigen aller der Solöcismen und inkorrekten Konstruktionen machen, welche sich im griechischen Texte des Neuen Testamentes finden. Gewisse Kapitel gibt es in den dogmatischen Systemen unsrer Theologen, die sich besser für Grimms »Kindermärchen« oder »Tausend und eine Nacht« schicken würden. Dazu gehören die kriminalisch strafbaren Dogmen von der Offenbarung und Inspiration.

Je naiver die Völker sind, desto sinnlicher und äußerlicher ihre Begriffe vom Weltzwecke: je gebildeter jene, desto geheimnisreicher diese. Die Verwechselung endlicher und unendlicher Ursachen der Weltregierung lag nahe, und so kam es, daß das Altertum so viel Historisches in Mystisches, Mystisches wieder in Himmlisches verwandelte. Der Naturmensch versteht die Welt nur so weit, wie sein Auge reicht. Alles, was über den Sehkreis seiner sinnlichen Vorstellungen hinausliegt, scheint ihm die erklärende Veranlassung der Unerklärlichkeiten zu sein, die ihn in nächster Nähe umgeben. Daher die zahllosen Details im Glauben der alten Völker: daher die Übertreibungen der Phantasie, das Ungeheure in Zahlen und Formbildungen. Die alten Religionen sind so ausschweifend wie alles, was man, ich sage nicht, nicht kennt, sondern wie alles, das man noch nicht gesehen hat. In diesen Unförmlichkeiten Entstellungen alter Überlieferungen zu finden, einfache, aber tiefsinnige Keime einer urweltlichen Offenbarung oder auch nur eines heiligen, frommen und simpeln Zeitalters: das heißt, von einer kindi-

107

schen Ansicht, die wir schon erwähnten, nur eine ernsthafte Anwendung machen.

Das klassische Altertum hatte den schönsten Ausdruck für das religiöse Prinzip der alten Welt: Religion ist alles, was man entweder selbst nicht ist oder nicht kennt. Die Griechen, mit ihren östlichen Ahnen und deren architektonischen Vorstudien der vollendeten heidnischen Idee, die Griechen setzten die Religion in die Kunst, sie setzten sie in das, was im Ungewissen immer das Gewisse ist, in das Maß aller Dinge, in den Menschen. Man konnte eine einseitige Idee nicht schöner ausdrücken und konnte doch zu gleicher Zeit nicht tiefer sinken. Wenn die Menschheit nach dem Ebenbilde Gottes geschaffen ist, so war sie jetzt da wieder angekommen, von wo sie ausging. Wir werden uns, solange die Erde kreist, in Zirkeln bewegen. Hier war ein Zirkel, dessen Anfang sich in sein Ende zurückbog.

Wäre das Heidentum ohne Kultus gewesen, warum hätte die Menschheit nicht an ihm Genüge finden sollen? Aber die Priester der Religionen pflegen immer diejenigen zu sein, welche ihre Religionen selbst untergraben. Könnten sich die Religionen von Gebräuchen, Äußerlichkeiten, von der Zudringlichkeit ihrer berufenen und verordneten Diener frei erhalten, so würden sie eine längere Dauer in Anspruch nehmen dürfen. Das Heidentum war Poesie und bildende Kunst, war Veredlung der Sinnlichkeit, war Gestaltung der rohen Materie; Julian, der Apostat, fühlte es wohl, daß die Götter Griechenlands einen Mann von Geschmack befriedigen konnten. Das Heidentum war tolerant. Es war die friedfertigste Religion von der Welt, solange sie nicht nötig hatte, um ihre Existenz zu kämpfen. Das Heidentum wurde blutig, verfolgungssüchtig, ich möchte sagen, christlich erst da, als ein sonderbarer Aberglauben zur Aufwiegelung der Völker gepredigt wurde, als sich gleißnerische Frömmler in die Gemächer der Fürstinnen schlichen und eine Gottesherrschaft, eine Religion, die nicht Friede, sondern das Schwert brachte, eine politische Revolution zu verbreiten suchten. Der Ursprung dieses Ereignisses kam aber auf folgendes zurück.

In Judäa, einem sehr barocken Lande, trat ein junger Mann namens Jesus auf, der durch eine bedenkliche Verwirrung seiner Ideen auf den Glauben kam, er sei schon seinen Vorfahren als Befreier der Nation, der er angehörte, verkündigt worden. Jesus war aus Nazareth gebürtig, unehelichen Ursprungs, Stiefsohn eines braven Zimmermanns namens *Joseph*. Jesus beschäftigte sich viel mit den Schriften der jüdischen Literatur, reiste, unterrichtete sich und strebte mit edler Selbstüberwindung nach einer stoischen Sittenreinheit. Jesus fühlte, daß eine Mission an sein Herz pochte. Es war ihm, als müßte er einen Auftrag erfüllen, über 109 den er zeit seines Lebens nicht im klaren war. Er adoptierte den Glauben an einen verheißenen König, der seine eitle Nation zur Herrscherin der Welt machen würde: er erschrak aber selbst vor dieser übermütigen Verheißung, welche einer wahren Idee Gottes gänzlich unwürdig war. Jesus wußte selbst da noch nicht, wohinaus, als er die ersten unbesonnenen Schritte getan, als er seinen Freund Johannes auf Kundschaft und Prüfung der Menge vorausgesandt hatte; er wurde Rabbi, ein erlaubter Volkslehrer, er nahm Schüler zu sich, er predigte Buße und gottseligen Wandel, predigte das reine, das Urjudentum des Moses, er nannte sich Messias und stritt nirgends gegen die falsche Auslegung seiner Absicht, nirgends gegen die Begriffe, welche man in Judäa mit dem Messias verband. Nicht einmal des römischen Joches erwähnte Jesus; er scheint gefühlt zu haben, daß der Messias nur eine theologische Bedeutung haben könne, und richtete doch seine Invektiven gegen die politische Verfassung in Jerusalem, gegen den hohen Rat und gegen Priester, die er einer zu ihrem Frommen falschen Auslegung der alten Bücher bezüchtigte. Inzwischen mehrte sich die Unruhe, Jesus zog mit Tausenden durch das Land, hielt einen gewaltsamen Einzug in Jerusalem, vergriff sich tätlich an dem Tempel, dem Nationalheiligtume der Juden, und fiel als ein Opfer seiner falschen Berechnung und innerlichen Unklarheit. Er hatte dem trägen Volke Energie zugetraut: es verließ ihn wie Thomas Müntzern, als er keine Wunder tun konnte, wie zahllose Revolutionäre alter und neuer Zeit, da sie die Hülfe nicht brachten, die sie versprachen. Jesus wurde gekreuzigt. »Mein Gott, warum hast du mich verlassen?« rief er und starb. Jesus war nicht der größte, aber der edelste Mensch, dessen Namen die Geschichte aufbewahrt hat.

Dies ist der historische Kern eines Ereignisses, aus welchem spätere 110 Zeiten ein episches Gedicht machten mit Wundern und einer ganz fabelhaften Göttermaschinerie. Eine kleine Anekdote wurde welthistorisch. Die französische Revolution hinterließ eine Menge von politischen Wahrheiten, welche im Ansehen geblieben sind, selbst wenn jene weniger glücklich vonstatten gegangen wäre. So kam es auch, daß die verunglückte Revolution des Schwärmers Jesu etwas zurückließ, was zuletzt eine Religion wurde. Sollte hier zum ersten Male ein kleines, zufälliges Faktum den Anstoß zu einer großen Bewegung gegeben haben? Nein, die Folgen jener Historie mögen so umfassend gewesen sein, wie sie es waren, so kann davon nichts auf die Naivetät der Historie selbst zurückfallen. Jesus war in Rücksicht auf den jüdischen Messiasglauben nicht der rechte Messias, sondern ein falscher, so gut wie Theudas, Judas Galiläus und Bar Kochba. In Rücksicht auf die Weltgeschichte war er desgleichen nicht mehr; nur daß seine Anhänger zufällig von der Zeit, von dem unsinnigen Heidenritus, von der Sucht des Geheimnisses profitierten. Das Ereignis, das allen den folgenden Begebenheiten und Revolutionen zum Grunde lag, steht an und für sich betrachtet auf keiner höhern Stufe als die Lebensumstände des Pythagoras, Zoroaster oder Sokrates.

Jesus war Jude. Er dachte nicht daran, eine neue Religion zu stiften. Es war bei ihm weder von einer Aufhebung noch von einer Erläuterung des Judentums die Rede. Er sagte selbst, daß er nicht gekommen sei, das Gesetz aufzulösen, sondern zu erfüllen; ein Ausdruck, der freilich im griechischen Texte mehr sagt als das bloße: Befolgen, aber nicht über den Begriff eines vollkommnen, in allen seinen Bezügen verstandenen Judentums hinausgeht. Da war auch nicht eine einzige neue Lehre, welche Jesus brachte. Enthüllte er tiefer die Geheimnisse Gottes? Nein, er kennt nur jenen pädagogischen Gott des Judentums. Waren seine Andeutungen über die Unsterblichkeit neu? Sie waren es, der dunkeln und zweifelhaften Lehre des Alten Testaments gegenüber: aber seit dreihundert Jahren glaubten die Juden an die Fortdauer nach dem Tode aus eignem Antriebe: die Pharisäer hatten daraus das Feldgeschrei ihrer Parteimeinung gemacht. Was blieb demnach im Munde Jesu übrig? Eine Moral, welche allerdings veredelnde Kraft hat, aber nie mehr gibt und geben will als das lautre Judentum. Die Moral Jesu hält sich immer dicht bei den Gebräuchen des Zeremonialgesetzes und ist nur darin charakteristisch, daß sie für den äußern Ritus innerlich entsprechende Gesinnungen forderte. Jesus lehrte: Liebe deinen Nächsten wie dich selbst! So lehrte schon Moses; aber der Stifter einer neuen Religion mußte sagen: Liebe deinen Nächsten mehr als dich selbst! Daraus schließt man, daß Jesus eine Person war, die einzig und allein der Geschichte, keineswegs aber der Religion oder Philosophie angehörte.

Törichter Glaube, das Neue Testament für die Grundlage einer Religion anzusehen, für ein Buch, das geschrieben worden wäre, um symbolischen Wert zu haben! Der Kanon ist nichts als die erste Erscheinung des Christentums. Das Christentum selbst liegt darüber hinaus: das heißt, vage Begriffe über ein gescheitertes historisches Ereignis wurden von Männern herumgetragen, die dabei beteiligt gewesen waren. Die Apostel hatten die Fähigkeit nicht gehabt, eine Begebenheit zu verstehen, welche mit sich selbst in Widersprüchen lag; sie konnten sich nur der Wirksamkeit nicht entschlagen, welche eine so bedeutende Persönlichkeit wie die ihres Lehrers auf sie ausübte: sie glaubten seinen dreisten Behauptungen, daß er der Messias wäre, und fanden bei der Verbreitung dieser Ansicht darin eine Unterstützung, daß Jesus seine baldige Wiederkunft versprochen hatte. So entspann sich ein romantisches Truggewebe von Wundern, subjektiven, die Jesus verrichtet habe, objektiven, die an ihm selbst geschehen wären. Die Apostel übersahen, wie sehr die Mehrzahl dieser Wunder, welche eher auf einen Eskamoteur als auf einen Propheten schließen lassen (ich erinnere nur an die Fabel von dem Stater im Leibe eines Fisches), das göttliche Gepräge ihrer Erzählungen verwischte. Ja, sie wußten nicht einmal, wieviel sie moralisch wagten, alle ihre Behauptungen wechselseitig ohne Prüfung anzunehmen. Denn das Altertum war überall auf das Außerordentliche hin gerichtet und konnte sich keine große Begebenheit ohne Abweichungen von dem natürlichen Laufe der Dinge erklären. Auffallend bleibt es indessen, daß die Apostel selbst im Neuen Testamente so wenig scharf und präzis als Verbreiter der Lehre Jesu auftraten, daß erst andere meist ein Amt übernahmen, was ihnen vor allen zukam. Hätten sie wirklich den Leichnam Jesu gestohlen? Dann klänge dies Stillschweigen fast wie böses Gewissen. Hierüber mag ich nichts entscheiden: nur dies scheint fest, daß die Apostel Menschen von borniertem Verstande waren, daß sie überhaupt viel Ähnlichkeit mit unsern Theologen hatten und daß es zuletzt nicht ohne typische Vorbedeutung war, wenn neben der Krippe Jesu gleich ein Ochs und ein Esel standen.

Diejenigen unter den Anhängern Jesu, welche, ich sage nicht, logische Schlüsse machen, doch wenigstens begreifen konnten, wie z.B. der von den Theologen gern zu einem tiefsinnigen Philosophen gestempelte Paulus, befolgten in der Stiftung einer neuen Sekte den dreisten Gang, daß sie in Jesu nur die Neuerung anerkannten. Sie rissen seine Erscheinung als etwas Isoliertes vom Gesetze los. Sie machten aus polizeilichen Differenzen ihres Lehrers mit der Synagoge absichtliche, dogmatische, religionsstiftende. Eine übermütige Exegese, welche die Stellen des Alten Testamentes in einem sträflich verkehrten Sinne auf Jesus bezog, mußte ihre Absichten unterstützen. Jesus wurde ein Wundertäter, und er machte als solcher unter den Heiden ein Glück, das Apollonius von Tyana auch gehabt hätte, wäre ihm der Jude Jesus nicht in der Zeit zuvorgekommen. Die geringe Philosophie, die hinzukam, alle diese Märchen zu erklären und in einen dogmatischen Zusammenhalt zu bringen, waren die Unterscheidungen zwischen physischer und psychischer Natur, zwischen Fleisch und Geist, zwischen dem Gesetz und der Freiheit. Wahrlich, eine Religion mußte diese Einfachheit haben, um so um sich zu greifen, wie es das Christentum tat!

Das Christentum ist eine Religion der Persönlichkeit. Moses war doch nur der Sendling Gottes, Muhamed Allahs Prophet, sie ließen sich keine göttliche Ehre erweisen! Sehet hier eine Religion, deren unwillkürlicher Stifter von einigen verworrenen Köpfen mit Gott selbst verwechselt wurde, eine Religion, die nichts für ihren Gegenstand und alles für ihren ersten Priester tut! Jede allgemeine, jede Weltreligion muß unabhängig von irgendeinem Namen sein, und im Christentum ist man heute noch nicht einig, welche Ehre Gott, welche Jesu gebührt. Welch ein Glaube! Wir sind nicht ohne Poesie, wir schwärmen gern, weil wir in jedem Hauche der Natur einen Kuß der Gottheit wähnen, und würden recht unglücklich sein, wenn wir nicht zuweilen auf unsern herben Lebenswein ein Rosenblatt der Illusion legen dürften, ein Rosenblatt, das uns in den Mund kömmt und zu trinken hindert und das wir doch nicht missen möchten. Aber hier überschreitet eine Zumutung die Linie des Erträglichen. Das Christentum wurzele nicht in Jesu Lehre, sondern in seinem Leben: nicht die Liebe sei es, sagen sie, die er im Abendmahle eingesetzt habe, sondern sein Fleisch und Blut, seine eigne Persönlichkeit, die nun immerdar solle gegessen und getrunken werden. Auf die individuellen Begegnisse eines unglücklichen Menschen wird eine Religion gebaut, eine Dogmatik, die sich nicht um die Worte seines Mundes kümmert, sondern seine Fußtapfen als Paragraphenzeichen nimmt, seine Nägelmale als Kapiteleinschnitte: kurz, das Christentum ist eine Religion, die auf eines Menschen körperlichen Verrichtungen und Leiden gegründet ist, eine Religion, die das objektive Evangelium eines Menschen predigt. Armer Rabbi von Nazareth! Statt daß sie weinen sollten über dein wehmütiges Schicksal, freuen sie sich deines Todes und haben ihn lachendes Mutes im Munde! Die Kreuzigung Jesu wird gar nicht mehr historisch nachempfunden; sondern da alles in des unglücklichen Mannes Leben typisch und als Notwendigkeit gedeutet wird, so geht die Teilnahme und das Mitleiden gleichgültig an dem

Schmerze vorüber und sieht am Karfreitage immer nur Ostern, bei einem Sterbenden eine grausame Hand, die ihm das Kissen unterm Kopfe wegzieht, damit er schneller sterbe, damit er schneller auferstünde! Das Kruzifix ist eine Zierat geworden, die man im Ohre hängen hat.

Die große, imponierende Gewalt des Christentums liegt in seiner welthistorischen Ausdehnung. Nicht, daß ich dieser Lehre die Umgestaltung Europas zuschriebe, nicht, daß ich so ungerecht gegen Gott wäre und behauptete, er habe ohne die verworrenen Ideen einiger palästinensischer Fischer und Teppichfabrikanten die Welt nicht auf diesen Gipfel der Kultur bringen können: nein, schon dadurch wird die christliche Idee geschwächt, daß sich die germanischen Völker für sie interessierten und ihre eigne welthistorische Prädestination in jene Lehre legten und das Christuskind als Christoffel durch das Weltmeer trugen. Das einzige, was mich an das Christentum kettet, ist ein magischer, mit Blut beschriebener Kreis; jene schreckhaften Verfolgungen, denen der neue Glaube ausgesetzt war, jene Hekatomben, die das Christentum dem Heidentum opfern mußte, die Männer, Weiber, Kinder, die zu Tausenden hingemordet wurden – ah, das preßt an die Kammern des Gehirns: die Fibern des Nachdenkens ziehen sich zitternd in ihren Versteck: das brennt und schmerzt, wenn man Sinn für Historie, Sinn für die Leiden der Menschheit hat. Nur jener Blutströme wegen bin ich gewissermaßen Christ, weil meine Religion die des Schmerzes und mein Kultus der Mut ist. Ich würde nicht raten, eher ein neues Bekenntnis abzulegen, ehe man nicht im Begriffe und in der Lage ist, dafür dasselbe auszustehen, was das alte Bekenntnis gekostet hat.

Bis hieher konnte noch von einem Christentum die Rede sein. Als der Begriff Kirche erfunden war, als Konzilien und Würdenträger eingesetzt wurden, da hatte sich die Lehre Jesu in eine neue Art von Heidentum verwandelt, in Mythologie auf der einen, Aristotelismus auf der andern Seite. Zwischen beiden wucherte die Mystik, keine ursprünglich christliche Pflanze, sondern arabisch-jüdisch-kabbalistisches Gewächs, das in der Philosophie als Platonismus wieder zum Vorschein kam. Das Christentum, insofern es von Priestern und Mönchen repräsentiert wurde, war auch nicht einmal eine Religion mehr, sondern nur noch Vorwand einer politischen Tendenz des Zeitalters. Die Hierarchie umgürtete sich mit dem Schwerte und fluchte wie ein Landsknecht. Das Christentum war nun doch ein Reich von dieser Welt geworden.

115

Der tote Rabbi Jesus drehte sich im Grab um: er hatte sich gerächt. Wann gab es eine Religion, die in tausend Jahren mit so disparaten Anomalien sich äußern konnte? Der Islam ist zwölfhundert Jahre alt, und noch weht die grünseidne Fahne des Propheten wie damals, als er aus der Wüste zog. Man hatte Jesus zum Stifter einer Religion machen wollen. Jesus hatte sich gerächt. Die falsche Auslegung seiner Mission war gescheitert.

Luther versuchte noch einmal, das lecke Schiff einer imaginären Möglichkeit zusammenzufügen. Ein Bergmannssohn aus Thüringen stieg in das Bergwerk des Christentums hinab, durchhämmerte die oberen Flözschichten der Tradition und holte aus den tieferen Erzgängen hervor, was er für reines, silbernes und goldenes Christentum hielt. Es war eine kühne Neuerung, die sich aus dem Wittenberger Flachlande, aus der Gegend von Kroppstädt und Treuenbrietzen, die ganz so aussieht wie der gesunde Menschenverstand, entwickelte. Tausende sagten sich von dem römischen Heidentume los, das mit der Seelen Seligkeit einen Aktienhandel durch ganz Europa etabliert hatte. Die Wittenberger Reformation war ein großer Fortschritt der Menschheit, wenn es groß ist, wie Herr Tholuck getan haben soll, in Rom von den antiken Götterstatuen zu sagen: Es sind schöne Götzen! Darum handelte es sich: die Menschheit von einem religiösen Mechanismus zu befreien, zu gleicher Zeit aber auch auf dreihundert Jahre die Kunst, die Literatur, die Schönheit aller vergangenen Zeiten und die Schönheit der Ewigkeit zu derogieren. Das ist kein Unglück, wenn es von einem großen Glücke ersetzt worden wäre. Für das Christentum geschah in der Reformation alles, für die Wahrheit und den gesunden Menschenverstand und die Naturreligion aber nichts.

An zwei Begriffen siechte gleich anfangs die Reformation: an einem, den sie nicht abschaffte, an der Kirche; und an einem, den sie neu erfand, am Evangelium.

Biblisches Christentum! Was heißt das? Ein Christentum erfinden, das sich gründete auf falscher Exegese, schlechten kritischen Hülfsmitteln, auf Interpolationen und frommen Betrügereien, auf einer ungestörten und sorglosen Verbindung des Alten und Neuen Testamentes, endlich aber auf jener heillosen Verwechselung zwischen dem Kanon als einer Richtschnur des Christentums, statt daß der Kanon, wie wir zeigten, nur erste Erscheinung, die ganz prekäre und subjektiv überall beanstandete Erscheinung des Christentums war. Der Protestantismus bekam seine symbolischen Bücher, welche die Lehrer beschwören mußten, seine Katechismen, den großen und den kleinen, nach welchen die Unmündigen an einen Glauben geschmiedet wurden, dem sie schon als Säuglinge durch die Taufe willenlos sich hingeben mußten. Was muß ich glauben? Ich muß glauben, daß Gott die Welt erschaffen hat – als wenn ein Gott, der sich in so endlichen Werken, wie die Erde ist, ausspricht, ein Gott, der zugibt, daß etwas außer ihm ist, ohne er selbst zu sein, als wenn ein Gott, der Raum und Zeit erschaffen hat, um aus 117 Laune irgendeinen kleinlichen Weltzweck zu erfüllen, um durch die Dauer zu tun, was ihm ja im Nu gelingen könnte, um unglückliche, von Zweifeln zerfleischte, halb tierische, halb menschliche Menschen auf einem gewissen Erdballe, in einem gewissen Deutschland, hier in dieser ganzen Misere herumkriechen zu lassen, als wenn ein solcher Gott jemals meinem philosophischen Bewußtsein entsprechen könnte! Aber was Philosophie? Wir reden nicht von Philosophie: ich vergaß, daß wir über einige Ammenmärchen und poetische Grillen sprechen. Ich muß glauben, daß Christus sei ein eingeborner Sohn Gottes, von einer Jungfrau geboren, niedergefahren zur Hölle und wieder auferstanden – Nein, auch dies ist nicht der Kern des Christentums. Was soll ich glauben? Daß Christus ist unser Mittler, daß er im Abendmahl persönlich assistiert als Fleisch und Blut im Brot und Weine, daß er uns rechtfertigt durch die Gnade, daß die Erbsünde, an die ich als Psycholog und Menschenkenner faktisch glaube, theologisch zu erklären sei, zum großen Teile aber eine Dogmatik, welche auf jedes einzelne Glied im Körper des Rabbi Jesus gegründet ist. Der Katholizismus war sinnlicher Götzendienst mit polytheistischer Färbung. Der Protestantismus wurde mystischer Götzendienst mit einer Beschränkung auf einen Gott, der aber drei Hypostasen hatte. Wittenberg und der Sand waren Schuld, daß diese Lehre immer flacher, äußerlicher und zänkischer sich ausbildete. Aus dem Evangelium, der Bibelmanie und den symbolischen Büchern setzte sich zuletzt das knöcherne Skelett der Orthodoxie zusammen, eine Gestalt, die statt des Herzens einen ledernen Beutel, statt des Gehirns eine Anhäufung schwammartiger Stoffe zu tragen hat.

Das zweite Unglück des Protestantismus war die Beibehaltung des Begriffes der Kirche und die unterlassene Ausgleichung desselben mit dem Begriffe: Gemeine. Hier trat früh ein Schwanken ein, das auf der einen Seite das Extrem der englischen Hochkirche und auf der andern das quäkerische Extrem der allgemeinen Priesterschaft erzeugte. Das 118

Luthertum an und für sich selbst nahm früh eine servile Richtung. Es stritt für das göttliche Recht der Fürsten ebensosehr, wie es seine eignen Satzungen in ein legitimes, unantastbares Gewand zu kleiden suchte. Thomas Müntzer schalt mit Recht auf Luther, den Papst von Wittenberg. Das Territorialsystem war die Folge der Schmeichelei. Die Kirche blieb etwas Ganzes, der Glaube wurde nicht an die stille Kammer des Herzens als seinen Tempel verwiesen, sondern die Kirche repräsentierte wie ehemals. Die Geistlichen regieren untereinander. Sie scheinen eine Monarchie für sich zu bilden und ducken sich außerdem unter der politischen Souveränität, so daß es noch heutiges Tages nicht entschieden ist, wie weit sich die kirchliche Autorität als Landeshoheit erstreckt, wie weit man wagen darf, Agenden zu verfassen und sie mit militärischer Gewalt, wie in den Schlesischen Dragonaden geschehen ist, in Wirksamkeit zu setzen. Hier ist alles vag, hoffärtig, augendienerisch, despotisch und erfüllt das Herz des Biedermannes mit den schmerzlichsten Gefühlen.

Die deistische Philosophie des achtzehnten Jahrhunderts konnte deshalb dem Christentum keinen merklichen Abbruch tun, weil sie bald zu frivol, bald zu witzig war. Der unsittliche Reformator macht nirgends Glück. Der Witz ist einer so großartigen Institution wie das Christentum gänzlich unangemessen. Die naive Einfachheit kindlicher und glaubensfreudiger Seelen pariert alle Nadelstiche Voltaires, eines Mannes, den man für einen Schneider halten möchte, so furchtsam und eitel war er. Das Christentum fordert andere Waffen heraus, überhaupt keine Waffen, die nur für den Krieg taugen, sondern solche, welche sich an einen Stiel stecken lassen, positiv und schaffend werden und die Erde zur neuen Saat auflockern. Das achtzehnte Jahrhundert, der mephistophelische Geist der abstrakten Verneinung hauchte mit dem ersten Seufzer aus, der auf der Revolutionsguillotine ausgestoßen wurde. Die Negation der Revolution war schon eine schöpferische.

Die Flügel meiner Seele schlagen freudiger, weil ich die Morgenröte (ach! die blutige Morgenröte) der neuen Schöpfung sich am Himmel malen sehe. Aber noch halte mich zurück, du stürmischer Genius des Jahrhunderts; noch einmal wurde in Deutschland der Versuch gemacht, zu einem trostreichen Resultate über die wunderbaren Begebenheiten in Palästina zu gelangen. Die Welt seufzt in ihrer Achse ob der stürmischen Bewegung. Wie glücklich wären wir alle, wenn wir in den Träumen unsrer Jugend uns ewig wiegen dürften und uns keine Unruhe der Seele von den Spielen der Unschuld verscheuchte!

Die Kantische Philosophie schien unsern Vätern nach langem Schlafe ein wunderbares Erwachen. Noch nie ist eine Entdeckung mit so reinem Enthusiasmus empfunden worden. Die Kantische Philosophie war Kritizismus: sie war ohne Geheimnisse; aber sie schien den Schlüssel der Geheimnisse zu besitzen. Früher wurde sie auf die Offenbarung und das Christentum angewandt: aber die Konsequenzen, welche sich hier durch sie ergaben, waren von der entgegengesetztesten Art. Der Rationalismus hielt sich an die Unmöglichkeit, das Ding an sich zu erkennen; der Supernaturalismus an die Vermutungen, welche hinter dem Dinge an sich liegen konnten. Das Ding an sich war ebensosehr negativ wie mystisch positiv: das weite Chaos der Zweifel lag in ihm ebensogut wie das Chaos der Gefühle. Diese beiden Prinzipien über Christentum machten fünfzehn Jahre in Deutschland die Tagesordnung aus. Es war ein Streit um den Anfang eines Zirkels. Der Rationalismus, der von Gott behauptete, daß man vieles von seinem Wesen wisse, manches aber noch unerörtert zu lassen habe, begann mit dem Bestimmten und hörte mit dem Unbestimmten auf. Der Supernaturalismus, der aus seinen Ahnungen ein System, aus seinen Ungewißheiten eine Dogmatik schuf, fing mit dem Unbestimmten an und hörte mit dem 120 Gegenteile auf. So war der Streit ohne des Endes Möglichkeit. Niemand trat aus dem Zirkel heraus. Sie walzten ihre Debatten herum und erschöpften sich in Konzessionen praktischer und theoretischer Art. Mischgattungen drängten sich zwischen die Extreme: Damenprediger, welche das Christentum mit Gemälden verglichen, wo die Konturen dem Rationalismus, die Farben dem Supernaturalismus angehören müßten: Professoren der Theologie, die das Urchristentum wollten; Generalsuperintendenten, welche die Perfektibilität des Christentums lehrten. Andre, wie Schleiermacher, adoptierten die Dogmatik, wenn ihre Lehrsätze sich gemütlich als Seelenzustände betätigten. Mit einem Worte, sie mochten so freidenkerisch verfahren wie immer; so riß doch niemand den Vorhang der Lüge weg. Auf der Kanzel gaben sie niemals jenen Glauben preis, den sie auf dem Katheder anatomisch zergliederten. Überall trifft man auf Diakone und Konsistorialräte dieser Art, welche sich wie jesuitische Aale theoretisch winden und hin- und hersträuben, praktisch aber sich immer wieder in ihren homiletischen Schleim verstecken.

Schelling und Hegel, jener von katholischer, dieser von protestantischer Seite, stellten den letzten Versuch an, die Philosophie mit der Offenbarung in Einklang zu bringen. Schelling übertrug allerhand Analogien des Naturprozesses auf die Geheimnislehren des Christentums: er wußte Opfer, Menschwerdung usf. durch witzige Bilder von seiten der Phantasie annehmlich zu machen. Hegel stützte sich auf den Geschichtsprozeß, auf die innerlichen Ruhemomente seiner metaphysischen Logik, deren ganzes Schema allein schon den Begriff der Trinität ausdrückte. Hegels Philosophie scheint mir auch wahrlich die einzige, die imstande ist, das Christentum zu beurteilen. Ihr Standpunkt ist der historische. Sie bringt einen Schematismus in die Begebenheiten, welcher den innern und äußern Sinnen wohltut. Wodurch ist auch das Christentum eine so imposante Erscheinung? Durch seine historische Stellung. Hegel hat die Verschiedenheit der Zeiten immer vortrefflich charakterisiert und das Eigentümliche des Christentums darin gefunden, daß sich logische und historische Begriffe daran akkommodieren lassen. Aber mehr gelang ihm nicht. Seine Philosophie des Christentums konnte nur da erst anfangen, als die Entwicklung der christlichen Lehre zu Ende war. Hegels Maßstab ist überall die Vergangenheit. Seine Erklärungen sind typischer Art, seine Philosophie ist eine Auslegung. Schelling und Hegel stehen an der Spitze jenes christlichen Dilettantismus, der aus künstlerischen Interessen sich mit verstopftem Ohre in eine grundlose Flut versenkt. Das Christentum selbst muß dabei seinen Kredit verlieren, wenn nur noch Dichter, Grübler, Künstler, verzweifelte und polizeilich beaufsichtigte Menschen sich für die Erklärung seiner Satzungen interessieren. Der gesunde Teil der Menschheit wird in eine andere Strömung des stürmenden Weltgeistes gerissen werden.

Unser Zeitalter ist politisch, aber nicht gottlos. Wie gern verbände es die Freiheit der Völker mit dem Glauben an die Ewigkeit! Aber unchristlich ist unser Zeitalter, denn das Christentum scheint sich überall der politischen Emanzipation in den Weg zu stellen. Daher jene merkwürdigen Erscheinungen, welche die neuere Zeit auf dem Gebiete, man weiß nicht, soll man sagen, der Politik oder der Religion hervorgebracht hat. Überall Sektengeist, Religionsstifter, Religionen auf Aktien, Religionen auf Subskription, jede Religion, nur kein Christentum. Man spricht von Priestern, von einer Theokratie, von Gottesdienst, nur nichts Christliches. Es ist erstaunenswert, daß diese Dinge in Frankreich auftauchen, in einem Lande, das für Europa die Mission der Freiheit hat, in einem Lande, das in der neuern Geschichte für alle Fragen der Kultur die Initiative übernommen zu haben scheint. Wir reden hier vom St. Simonismus und den »Worten eines Gläubigen«.

In diese beiden Bekenntnisse ist zuerst die Anerkennung der politischen Tendenz des Jahrhunderts niedergelegt. Man hat hier die Unverschämtheit vermieden, welche die hungernden Arbeiter auf das himmlische Brot des ewigen Lebens anweist. Die Religion der Entsagung mag für Jahre passen, wo die Ernte nicht geraten ist; aber wo Fülle und Verschwendung rings ihre Feste feiern, da murrt die Menschheit über eine Religion, welche immerfort an das Sichschicken, an die Demut, an den Ratschluß Gottes appelliert. Von dieser Seite des Christentums überhaupt, die sich dem Zeitgeiste entgegenstellt, kann nicht mehr die Rede sein. Der Unterschied zwischen den beiden Bekenntnissen ist der, daß der St. Simonismus das Christentum antiquiert und durch einige materielle Philosopheme nebst kirchlichen, freilich dem alten Glauben entnommenen Institutionen zu ersetzen sucht, die »Worte eines Gläubigen« dagegen auf den demokratischen Ursprung des Christentums zurückgehen und unverhohlen eine republikanische Tendenz desselben aussprechen. Der St. Simonismus will den Staat von der Kirche, die »Worte eines Gläubigen« wollen die Kirche vom Staate befreien. Jener weist auf die Zukunft, diese auf die Vergangenheit. Beide aber kränkeln an ähnlichen Gebrechen: der St. Simonismus an der Philosophasterei: La Mennais am Katholizismus. Wie soll man in der Kürze über beide Tendenzen urteilen? Beide sind keine Revolutionen, aber sie sind Symptome. Der St. Simonismus verrät ein Bedürfnis der Menschheit: die »Worte eines Gläubigen« suchen es zu befriedigen, aber sie befriedigen es nur zur Hälfte.

Ich habe die Tatsachen der Vergangenheit verfolgt und breche da ab, wo alles, was nun kommen muß, nicht so von mir vorgezeichnet werden kann, sondern in die Hand der Zeitgenossen gegeben ist. Lasset mich an einem Orte innehalten, den wir selber auszufüllen haben, bei jenen weißen Blättern der Geschichte, die hinfort von uns beschrieben werden sollen!

Ich höre draußen ein simultanes Glockengeläut: katholische und protestantische Töne. Es ist Pfingsten, ein Fest, wo man zwar nicht mehr plötzlich wie einst in Jerusalem gut Englisch, Spanisch und Sanskrit lernt, was mir sehr lieb wäre: wo aber der Heilige Geist auf alle Welt ausgegossen wurde. Wir leben in der Zeit des Heiligen Geistes, von dem Christus selber sagt, daß er uns in alle Wahrheit führen und freimachen würde. So scheint es sogar jener Mann gewußt zu haben, daß die Geschichte immerdar ihre eigne Autorität bleibt, daß der Weltgeist rastlos wirkt und in uns schafft und die Wahrheit zuletzt nur der Gottesdienst im Tempel der Freiheit ist. Wir werden keinen neuen Himmel und keine neue Erde haben; aber die Brücke zwischen beiden, scheint es, muß von neuem gebaut werden.

Es schlug Mitternacht, als Wally das saubergeschriebene Heft durchlesen hatte. Die Wachskerze war tief heruntergebrannt, ihre Augen glühten, sie hatte Tränen nötig, um den heißen Brand zu löschen. Aber die Tränen kamen nicht. Sie saß da, versteinert wie Niobe, der man das Liebste und Teuerste wegschießt. Rings war alles grauenhaft still, nur der Uhrpendel schwang sich unterm Glase hin und her und zählte die Minuten, die den Geistern auf Erden zu wandeln vergönnt waren. Wally lebte nur in den Worten, die sie gelesen hatte, und flüsterte sich zu: »Ich sterb' auch mit ihnen.« Dann ergriff sie mechanisch den kleinen Kerzenrest, der noch brannte, und schritt in ihr Schlafgemach, einen finstern, dämonischen Schatten werfend.

Noch sechs Monate hielt Wally ein Leben aus, dessen Stütze weggenommen war. Sie, die Zweiflerin, die Ungewisse, die Feindin Gottes, war sie nicht frömmer als die, welche sich mit einem nicht verstandenen Glauben beruhigen? Sie hatte die tiefe Überzeugung in sich, daß ohne Religion das Leben des Menschen elend ist. Sie ging nun damit um, dem ihrigen ein Ende zu machen.

Je unerschütterlicher sich dieser Gedanke bei ihr festgesetzt hatte, desto mehr suchte sie ihn äußerlich zu verbergen. Sie zeigte sogar, je gewisser sie mit sich selbst wurde, eine heitre Unbefangenheit, die die Rückkehr ihrer frühern Laune hoffen ließ.

Sie war viel auf ihrem Zimmer allein, weinte und rang; aber beten konnte sie nicht. Sie warf sich wohl oft verzweifelnd auf die Knie, aber wie eine eherne Mauer stand es vor ihr, wenn sie flehend die Hand ausstreckte. Sie schrieb noch einzelne ihren Seelenzustand verratende Aphorismen in ihr Tagebuch; die meisten bewegten sich um den Gedanken des Todes. An der Ursache desselben hatte sie nichts mehr, was sie in sich ändern konnte. Eine Stelle, welche man später im Buche fand, war ganz mit Tränen durchnäßt. Man konnte das an der geronnenen Dinte und dem zerknitterten Papiere sehen. Sie hieß:

O Jesus! Nie warst du mir teurer als tränenvergießend im Garten von Gethsemane! Jesus! Du batest Gott, daß er den Kelch dieses herben Todes möchte an dir vorübergehen lassen, du, du, der die Welt verändert hat! Und die Jünger schliefen. Sie achteten deiner flehenden Stimme nicht, daß sie mit dir wachten, daß sie mit dir weinten auf dem Ölberge. Ach, um mich schlafen sie alle, und niemand kennt den Schmerz, der mich verzehrt, niemand wacht mit mir, niemand betet für mich!

Es war an einem trüben und regnerischen Herbsttage. Die Kastanien prasselten von den Bäumen. Der Wind schlug die Regenschauer an die nassen Fenster. Alles in der Natur schien zu Grabe zu gehen. Wally saß einsam in ihrem Zimmer. Eine Uhr lag neben ihr. Neben der Uhr ein rotes Tuch, das einen unsichtbaren Gegenstand bedeckte.

Eine Stunde verrann nach der andern. Um die sechste dunkelte es. 125 Man brachte ihr Licht. Sie winkte stumm mit der Hand, als man nach ihren Befehlen fragte.

Sie trat ans Klavier und schlug einige Akkorde an. Es schlug sieben Uhr.

Dann setzte sie sich und schrieb einige Zeilen:

Ich muß sterben, denn hassenswert schien' ich mir, wenn ich mich durch die Welt schliche und mir selbst verbergen wollte, was ich leide. Wir erkennen Gott nicht. Nun und nimmer mehr. Das tragische und der Menschheit würdige Schicksal unsers Planeten wäre, daß er sich selbst anzündete und alle, die Leben atmen, sich auf den Scheiterhaufen der brennenden Erde würfen. Alle müßten sie sich opfern – aus Haß gegen den Himmel; opfern, wie man Rechnungen verdirbt, die ohne den Wirt gemacht werden. Alle! Alle! Dann wäre das Problem gelöst, und Gott müßte eilen, sich neue Menschen, neue Sklaven zu schaffen. Barbarischer Mord der Völker untereinander, glaubt ihr, werde das Ende der Dinge sein? Die wiedererwachende Roheit der Natur? Hyänen, die sich untereinander zerfleischen, sind euch der Zweck der Geschichte? Gräßlicher Gedanke! Prophezeihung, würdig eines Henkers! Sie werden sterben, aber sie werden alle den Dolch in ihre eigene Brust senken und eine große Kette der Freundschaft schließen, die Menschen! Sie werden sich fassen alle an ihrer Hand und mit der Rechten den Stoß vollbringen und noch im Tode sich mit ihren Küssen bedecken. Sie werden sterben, weil sie reif sind, weil sie das Höchste erreichten in Wissenschaft und Kunst, weil sie alle ineinandergerechnet der Gottheit gleichkommen. Aber die Gottheit sitzt hinter einem Vorhange und verbirgt nach wie vor ihr sprödes Antlitz und zögert, zu kommen und sich zu enthüllen. Was haben wir ihr getan?

Es schlug acht Uhr. Sie war in eine Aufregung gekommen, welche für ihren Entschluß nicht paßte. Was ist Sturm, Ungewitter, Herbst, was selbst der Schmerz der Seele und des Herzens, wenn der Geist seine Gedanken aufrüttelt und die Denkkraft ihre Fühlfäden ausschießt? Das Denken erhält den Mut, den man am Wissen verliert. Wally war so nahe daran, ihre Verirrung zu fühlen. Aber sie war ein weibliches Herz, das nicht so leicht vergißt, was es einmal wollte, und in sich selbst kein großes Register von Entschließungen hat, wo sie wählen könnte. Sie fiel in den alten Schmerz zurück.

Um neun Uhr griff sie noch einmal nach der Feder und schrieb:

Lebet wohl! Alle! Alle! Armselig war mein Leben; wie klein, wie nichtig alle die Beziehungen meiner Jugend! Und das war wohl des Todes wert; denn ich bin nichts, nur Staub, nur Vernichtung. Mein Leben ist unnütz. Grüßet sie alle, grüßet den Frühling des kommenden Jahres, wo ich tot sein werde und keines Vogels Ruf mich wieder wecken wird. Ich danke euch allen, die mich liebten, und Dir, Dir, Cäsar; allen! Allen!

Sie mußte noch viel geweint haben. Auch diese Zeilen waren verronnen in nasse Punkte. Sie mußte dann den Stoß vollbracht haben mit jenem Dolche, der ihrem toten Bruder gehörte.

Man fand sie auf dem Bette ausgestreckt. Das Licht stand zu ihren Häupten. Sie hatte mit beiden Händen den in das rote Tuch gewickelten und darin auch von ihr während des Stoßes gelassenen Dolch in ihr Herz gedrückt und lag da, nicht lächelnd und ruhig, wie wohl in andern Fällen hier getroffen ist, sondern mit krampfhafter Verzerrung ihres schönen Antlitzes und einem Ausdrucke der Verzweiflung in den starren Augen, der erschrecken machte.

Sie wurde mit Gepränge bestattet. Die, welche am Grabe standen, beweinten nicht sie selbst, sondern nur ihre Jugend.

127

Wahrheit und Wirklichkeit

Man kann den Zufall verdammen, man kann selbst überzeugt sein, daß in allem, was geschieht, eine konsequente Offenbarung der Gottesidee liegt; und doch würde niemand zu behaupten wagen, daß alles, was geschieht, alles, was wir als geschehen beobachten können, etwas andres sei als die zufälligen Äußerlichkeiten jener offenbarten Gottesidee. Ich glaube, daß alles gut ist, was geschieht; glaube aber nicht, daß eben nur das geschehen kann, was geschieht. Unendlich ist das Reich der Möglichkeit, jenes Schattenreich, das hinter den am Lichte der Begebenheiten sichtbaren Erscheinungen liegt. Es gibt eine Welt, die, wenn sie auch nur in unsern Träumen lebte, sich ebenso zusammensetzen könnte zur Wirklichkeit wie die Wirklichkeit selbst, eine Welt, die wir durch Phantasie und Vertrauen zu combinieren vermögen. Schale Gemüter wissen nur das, was geschieht; Begabte ahnen, was sein könnte; Freie bauen sich ihre eigne Welt.

Zwei Garantien der unsichtbaren Welt sind die Religion und die Poesie. Jene schließt das Reich der Möglichkeit auf, um zu trösten; diese, weil sie die Wirklichkeit erklären will. Beide beruhen auf Täuschungen, nur ist die Poesie glücklicher, weil sie die Wahrscheinlichkeit für sich hat. Es ist leichter, an ein Gedicht als an den Himmel glauben. Die Ereignisse des Gedichtes sind oft die heimlichen Erklärungsmotive der Wirklichkeit, die Schöpfungen des Autors haben die Analogie für sich und die Erde; aber der Himmel schwebt in der Luft und ist trotz aller Philosophie ohne Maßstab, wie Gott selbst.

Die Geschichte der Poesie zeigt, wie sich in ihr von jeher Wahrheit und Wirklichkeit gestritten haben. Jene Gemüter, welche wir die schalen nannten, entschieden sich für die Wirklichkeit, die freien für die unsichtbare Wahrheit, die begabten, die empfänglichen, die sogenannten Leute von Geschmack, Bildung und Erziehung für das Mittlere zwischen beiden, für die Wahrscheinlichkeit. Und so ist es noch. Bei jeder neuen Dichtung fragen die einen: »Wo geschah dies?«, die andern: »Sollte dies geschehen können?« Nur die freien Gemüter entscheiden, ohne zu fragen, weil sie es fühlen, daß das, was nicht geschieht, immer noch wahr ist, selbst wenn es nicht geschehen kann.

Alles, was die Wirklichkeit kopiert, ist für die Masse. Diese Gattung der Poesie erhebt sich von der untersten Stufe der Genremalerei bis zu den Romanen von Walter Scott und Bulwer, bis zu den Dramen Ifflands und Kotzebues. Nur hell, blank und geschliffen muß diese Literatur sein, weil sie der Wirklichkeit gegenüber ein Spiegel ist, der sie treu auffaßt und wiedergibt. Für die schalen Gemüter ist nichts genialer, als sie selbst zu zeichnen, wie sie sind: ihre Tante, ihre Katze, ihren Schal, ihre kleinen Sympathien, ihre Schwachheiten. Was haben wir von euern Grillen, von euern Erfindungen, die in der Luft schweben? Gebt uns uns selbst, dem Egoismus den Egoismus! Es gibt Kritiker und Literatoren, die sich nur für das Kopieren der Wirklichkeit enthusiasmieren können. Das Wahrscheinliche ist bei ihnen schon eine Konzession. England hat von jeher diese Art der poetischen Darstellung bevorzugt, Deutschland ist systematisch genug bearbeitet worden, hierin nachfolgen zu müssen. Die alte Literatur steht bei uns versteinert da in Tempeln und in Walhallen, die mittlere war keines Schusses Pulver wert, die neue hat nur noch ein schwankendes und kaltes, von Politik und spekulativer Trägheit ganz darniedergehaltenes Publikum. Darauf kömmt alles zurück: Man will von der Literatur keine Anstrengung haben; die Literatur soll niemanden mehr eine unruhige Nacht machen, sie schildert, sie porträtiert, sie stillt die Leselust mit Historie und Bulwer. Die Poesie ist jetzt Selbstbefruchtung. Die Wirklichkeit nährt sich von ihrem eignen bürgerlichen, überquellenden Fette.

Menschen, die schon eine Stufe höher stehen, sind mit der Wahrscheinlichkeit zufrieden. Sie wollen nur einige Voraussetzungen, die den Boden der Wirklichkeit berühren; das übrige überlassen sie der Combination und Phantasie. Dies sind die gemütlichen Leser, die sich durch poetische Schöpfungen in einen sanften Halbschlummer wiegen lassen, die die Bücher nach der Elle konsumieren. Es muß ihnen nichts zu nahe und nichts zu ferne liegen. Schwebend zwischen Himmel und Erde, ganz willenlos hingegeben den Capricen des Dichters, freuen sie sich zuletzt, daß nun alles, was sie gelesen haben, doch entweder nicht wahr ist oder im entgegengesetzten Falle immer sehr wahrscheinlich bleibe.

Die Wahrheit selbst ist unsichtbar und liegt niemals in dem, was wirklich ist. Die poetische Wahrheit ist schöpferisch. Sie baut mit den geheimsten Fäden der menschlichen Seele, sie combiniert nicht, wie der Staat, die Familie, die Religion, die Sitten und das Herkommen combinieren, sondern revolutionär. Die poetische Wahrheit offenbart sich nur dem Genius. Dieser lauscht niedergestreckt auf den Boden der

129

Wirklichkeit und hört, wie in den innersten Getrieben der Gemüter eine embryonische Welt mit keimendem Bewußtsein wächst. Wer auf seine Entwickelung lauscht, muß sich oft gestehen, daß ganze Gedichte in ihm sich zusammenreimen aus Motiven, welche die Außenwelt niemals anerkennen würde. Dies sollte nicht auch Wahrheit sein? Dies sollte den Dichter nicht entzücken? Die Alten und die Mittleren schufen in dieser Weise nicht: aber die Modernen werden es. Ihre Historien sind nicht die Sage oder Geschichte, sondern die Ideen, die im Schoße der still wirkenden und schaffenden Gottheit schlummern. Die Welt, wie sie ist, wird ihren Gebilden nicht entsprechen; diese werden dem nüchternen Vorwurfe der Unwahrheit und Unwahrscheinlichkeit ausgesetzt sein. Aber noch immer ging das Genie seinem Jahrhunderte voraus.

Zwei Tatsachen möcht' ich aus obigem folgern: die beide weniger literarisch als historisch sind.

Wenn man in Anschlag bringt, daß entschieden schon in der französischen Literatur, ohne alle Widerrede auch bei uns allmählich eine Poesie der ideellen Wahrheit und reellen Unwirklichkeit sich zu entfalten beginnt, wenn man diese Frauengebilde betrachtet, welche die Phantasie der jetzigen begabteren Dichter erfindet, diese originellen Situationen und allem Herkommen widersprechenden Sitten; sollte man diese Erscheinung nicht für beziehungsreich halten für unser zukünftiges Leben, für die Existenz in der Wirklichkeit, für die weite Unterlage der Masse und des allgemeinen Glaubens? Es ist wahr, die Dichter fangen an, auf immer luftigeren Bahnen zu wandeln: sie schaffen sich ihre eignen Welten mit Thronen, die ihre Phantasie erbaute, mit Richterstühlen, die ihre eigne Gesetzgebung haben, mit einem Gottesdienst, dessen Priester nur noch die kleine Gemeinde selbst ist. Es baut sich eine Wahrheit der Dichtung auf, der in den uns umgebenden Institutionen nichts entspricht, eine ideelle Opposition, ein dichterisches Gegenteil unsrer Zeit, das einen zweifachen Kampf wird zu bestehen haben, einmal einen gegen die Wirklichkeit selbst als konstituierte Macht mit physischer Autorität, sodann einen gegen die Poesie der Wirklichkeit, welche so viel Dichter und so viel Kritiker für sich hat.

Dies ist ein Symptom unsrer Zeit, aus dem wir bis jetzt noch keinen weitern Schluß ziehen wollen als einen, der vielleicht außerhalb der Literatur liegt, den ich aber nicht verschweigen will, weil jedes, was die Menschheit ehrt, auf den Lippen des Enthusiasten brennt. Man verwirft mit Recht das Experimentieren mit der Menschheit, aber man geht darin weiter, als man darf, ohne die Menschheit zu beleidigen. Wir fürchten uns, den Zeitgenossen etwas zu entziehen, wovon wir uns einbilden, daß es zu ihrem Leben nötig ist. Wir glauben an die Institutionen in Sitte, Meinung und politischer Einrichtung wie an die unerläßlichen Lebensbedingungen der Jahrhunderte. Als wenn die Menschheit keine innern Quellen hätte! Als wenn sie unterginge, wenn ihr sie aus dieser ganzen Sündflut ihrer Existenz plötzlich nackt und noch triefend auf den Ararat versetztet! Als wenn die Menschheit nicht immer die erste sein wird, die sich hilft, und diejenige, welche für sich den besten Rat weiß! Sie zucken die Achseln wie unvorsichtige Ärzte, sie fürchten für das Leben des Patienten und quacksalbern an den alten Schäden herum; aber nehmt der Menschheit ein Bein ab: sie wird sich ein neues machen; nehmt ihr, um nur eines, was unmöglich scheint, zu nennen, z.B. das Christentum: glaubt ihr, daß sie untergehen wird? Nehmt ihr eure Gesetzbücher, eure Verfassungen – nehmt ihr zuletzt das, worauf gleichsam alles ankommen soll, nehmt ihr *euch selbst!* – und die Menschheit wird fortbestehen. Sie wird alles ertragen und durch Felsen vom stärksten Granit noch immer einen Weg finden, der sie zu ihrem Ziele führt.

Biographie

1811 *17. März:* Karl Ferdinand Gutzkow wird in Berlin als Sohn eines niederen Hofbeamten geboren.

1821 Besuch des Friedrichwerderschen Gymnasiums in Berlin (bis 1829).

1829 Ein Stipendium gibt Gutzkow die Möglichkeit, ein Studium der Philosophie, Theologie und Philologie in Berlin, Heidelberg und München aufzunehmen (bis 1833). Er hört Vorlesungen bei Friedrich Schleiermacher, Georg Wilhelm Friedrich Hegel, Karl Lachmann und Friedrich von Raumer.

Gutzkows erste Novelle »Aus dem Tagebuche und Leben eines Subrektors« erscheint in Moritz Saphirs »Schnellpost«.

1830 Gutzkows akademische Preisarbeit »De diis fatalibus« wird von der Berliner Universität prämiert.

Unter dem Einfluss der französischen Julirevolution wendet sich Gutzkow dem Journalismus und politischen Tagesfragen zu.

1831 *Januar:* Gutzkows erste Zeitschrift »Forum der Journal-Litteratur: Eine antikritische Quartalsschrift« erscheint in Berlin (bis September).

November: In Stuttgart wird Gutzkow Mitarbeiter an Wolfgang Menzels »Literaturblatt«, schreibt für Cottas »Morgenblatt« und »Allgemeine Zeitung« sowie andere süddeutsche Blätter.

1832 Gutzkow promoviert als Externer an der Universität Jena. Das schriftlich bestandene Oberlehrerexamen lässt er auf sich beruhen.

Gutzkows erster Roman »Briefe eines Narren an eine Närrin« erscheint anonym. Das Werk wird in Preußen verboten.

1833 *August:* Reise mit Heinrich Laube nach Süddeutschland, Österreich und Oberitalien.

»Maha Guru. Geschichte eines Gottes« (Roman, 2 Bände).

1834 »Novellen« (2 Bände).

»Appellation an den gesunden Menschenverstand«.

Bruch mit Menzel.

1835 *Januar-August:* Gutzkow gibt in Frankfurt am Main das »Literatur-Blatt« zur Zeitschrift »Phönix« heraus. Hier erscheint u.

a. der Erstdruck von Georg Büchners »Dantons Tod«.

April: Gutzkows Vorwort zu Schleiermachers »Vertrauten Briefen über Schlegels Lucinde« erregt Aufsehen.

August: Gutzkows Roman »Wally die Zweiflerin« erscheint und verursacht einen Skandal.

14. September: Verbot der »Wally« in Preußen. Der Roman wird zum Anlass für die Maßnahmen des Deutschen Bundestages gehen das »Junge Deutschland«. Gutzkow und die Autoren des »Jungen Deutschland« werden mit Schreib- und Druckverboten belegt.

November: Sowohl die von Gutzkow und Ludolf Wienbarg herausgegebene »Deutsche Revue« als auch die allein von Gutzkow herausgegebenen »Deutschen Blätter« werden sofort nach ihrem Erscheinen verboten und beschlagnahmt.

16. November: Eröffnung eines Strafverfahrens gegen Gutzkow als Verfasser der »Wally«.

30. November: Gutzkow wird vom Mannheimer Stadtgericht verhört und am selben Tag in Haft genommen.

1836 *13. Januar:* Gutzkow wird wegen verächtlicher Darstellung des Glaubens der christlichen Religionsgemeinschaft zu einem Monat Gefängnis ohne Anrechnung der Untersuchungshaft verurteilt.

10. Februar: Gutzkow erkrankt schwer und wird aus dem Gefängnis entlassen.

18. Juli: Eheschließung mit Amalie Klönne in Frankfurt am Main. Aus der Ehe gegen sechs Kinder hervor.

September-Dezember: Gemeinsam mit Wilhelm Speyer gibt Gutzkow die »Frankfurter Börsen-Zeitung« heraus.

»Beiträge zur Geschichte der neuesten Literatur« (Abhandlungen, 2 Bände).

»Zur Philosophie der Geschichte« (Abhandlung).

1837 *Januar-Dezember:* Gutzkow gibt in Frankfurt am Main den »Frankfurter Telegraphen« heraus.

März-Dezember: Unter dem Namen des englischen Erfolgsschriftstellers Bulwer-Lytton gibt Gutzkow lieferungsweise seine große Gegenwartsschau »Die Zeitgenossen« heraus.

1838 Übersiedlung nach Hamburg.

Gutzkow setzt den »Frankfurter Telegraphen« in Hamburg

unter dem Titel »Telegraph für Deutschland« fort (bis 1843). Hier publiziert er u. a. Georg Büchners Lustspiel »Leonce und Lena«.

»Seraphine« (Roman).

1839 »Blasedow und seine Söhne« (humoristischer Roman).

15. Juli: Uraufführung des gesellschaftskritischen Schauspiels »Richard Savage oder Der Sohn einer Mutter« in Frankfurt am Main.

1840 »Börne's Leben« (Biographie).

1841 Verhältnis mit der verheirateten Therese von Bacheracht.

1842 *März-April:* Aufenthalt in Frankreich.

»Briefe aus Paris« (2 Bände).

November: Übersiedlung von Hamburg nach Frankfurt am Main.

»Karl Gutzkows dramatische Werke« (9 Bände, bis 1857).

1843 Gutzkow verbringt den Frühling und Frühsommer in Oberitalien, in Mailand und am Comer See.

1844 Uraufführung des Lustspiels »Das Urbild des Tartüffe«, das zahlreiche satirische Seitenhiebe gegen die Zustände im Vormärz enthält.

»Zopf und Schwert« (historisches Lustspiel). Die Aufführung wird für die königlichen Bühnen Preußens verboten.

1845 Veröffentlichung der »Gesammelten Werke« (13 Bände, bis 1852).

1846 *März-April:* Erneuter Aufenthalt in Paris.

November: Gutzkow wird Hofdramaturg des Königlichen Theaters in Dresden (bis Mai 1849).

»Uriel Acosta« (Verstragödie).

1847 Übersiedlung nach Dresden, wo er bis 1861 lebt.

1848 *18. März:* Gutzkow erlebt den Ausbruch der Revolution in Berlin.

22. April: Tod der Ehefrau.

»Deutschland am Vorabend seines Falles oder seiner Größe« (Abhandlung).

1849 *19. September:* Gutzkow heiratet in zweiter Ehe Berta Meidinger.

1850 »Die Ritter vom Geiste« (bis 1851, 9 Bände).

1852 Gutzkow gibt die Wochenzeitschrift »Unterhaltungen am häuslichen Herd« heraus (bis 1862).

»Der Königsleutnant« (Goethe-Stück).

Seine Jugenderinnerungen »Aus der Knabenzeit« (2 Teile) faszinieren die Kritik.

1854   *28. August:* Der Großherzog von Weimar verleiht Gutzkow das Ritterkreuz des Falkenordens 1. Klasse.

1855   *30. April:* Gutzkow begründet im Saal der Dresdener Singakademie die Deutsche Schillerstiftung mit.

1858   »Der Zauberer von Rom« (Roman, 9 Bände, bis 1861).

1861   *Oktober:* Übersiedlung nach Weimar, wo Gutzkow bis Oktober 1864 als Generalsekretär der Schillerstiftung arbeitet.

»Die Nihilisten« (komischer Roman).

Zunehmendes Nervenleiden mit Verfolgungswahn.

1865   *14. Januar:* In Friedberg (Hessen) unternimmt Gutzkow einen Selbstmordversuch. Er wird in die Heilanstalt St. Gilgenberg bei Bayreuth gebracht.

24. Dezember: Entlassung aus der Heilanstalt.

1866   *Januar-Mai:* Gutzkow lebt im Kurort Vevey am Genfer See.

Juni: Gutzkow läßt sich in Kesselstadt bei Hanau nieder.

1869   *April-September:* Aufenthalt in Bregenz.

Oktober: Übersiedlung nach Berlin, wo Gutzkow bis November 1873 wohnt.

1870   »Lebensbilder« (3 Bände, bis 1871).

»Der Gefangene von Metz« (Schauspiel).

»Die Söhne Pestalozzis« (Roman, 3 Bände).

1871   In 20 Bändchen erscheinen Gutzkows »Dramatische Werke« (bis 1872).

1873   *November:* Reise nach Italien, wo er mehrere Monate zur Erholung bleibt.

»Gesammelte Werke« (12 Bände, bis 1876).

1874   *Mai:* Übersiedlung nach Wieblingen bei Heidelberg.

1875   Gutzkow veröffentlicht die autobiographische SChrift »Rückblicke auf mein Leben«.

1876   *Oktober:* Umzug nach Heidelberg.

1877   *Herbst:* Übersiedlung nach Sachsenhausen bei Frankfurt am Main.

»Die Serapionsbrüder« (Roman, 3 Bände).

1878   *16. Dezember:* Karl Gutzkow stirbt bei einem Zimmerbrand in Sachsenhausen bei Frankfurt am Main.